Ludwig Weibel
Krönung allen Schöpfertums
Wach auf zu Mir, sag Ich dir an

Books on Demand

Bibliographische Information der Deutschen Nationalbibliothek. Die Deutsche Nationalbibliothek verzeichnet
diese Publikation in der deutschen Nationalbibliogra-
phie, detaillierte bibliographische Daten sind im Internet
über http://dnb.dnb.de abrufbar.

© 2015 Autor: Ludwig Weibel
Herstellung und Verlag:
BoD – Books on Demand, Norderstedt
ISBN 9783738613995

Ludwig Weibel

Krönung allen Schöpfertums

Inhalt

Selige Verneigung
5

Herzblut deines Wesens
23

Fülle deiner Seinsstruktur
43

Prinzip der guten Hoffnung
71

Bewahrer höchster Seinskultur
93

Ausgezeichnete Sequenzen
111

Wundervoll geschmückte Geistessphären
139

1
Selige Verneigung

1.1
Ich will, dass eine selige Verneigung deinerseits, vor allem was da ist, dein Herz bewegt und dich in Träumen schwelgen lässt von mehr und mehr bedeutungsvollen Wundertaten. Weisst du, wie viel Sternlein an dem Himmel stehn? konntest du vor kurzer Zeit noch fragen. Nun zählst du Galaxienhaufen mit derselben Akribie und es will dir beinah schwindlig werden vor den tunlichst ausgemachten Myriaden.

Was kann ich Winzling unter dieser Übermacht noch sein, magst du im Kreis herum sinnieren? Und da bedeut' Ich dir: Du Bist und bleibst das Allerhöchste, nämlich Mich, das Sein, von dem die Universendinge ihren gloriosen Ursprung haben. Dies zu erkennen, macht dich im Bewusstsein grandios und steigert deine Würde als Geschöpf und Schöpfer zugleich ins Unendliche der Sphären. Wach auf zu Mir, sag Ich dir an und sei an deiner Stelle das Ich Bin in Geistesglorie und wunderbar gesättigtem Erlangen.

1.2
Wen immer Ich mit Seinsgefälligkeit bedenke, ist in den Stand der götterlichten Einigung mit allen Wesen und Gestaltungen erhoben. Wie Frühlingslächeln kommt dir alles, was da ist, entgegen und gewährt dir eine Seligkeit des Herzens ohnegleichen, licht und wunderbar. Was immer du, in Meinen Sinn getaucht, beförderst und dem Schwunge Gottes anempfiehlst, gedeiht in rechter Weise und verinnerlicht galanterweis', was vordem aussen war.

Gehst du mit guter Absicht, Achtsamkeit und Liebefühligkeit einher, kann dir nichts Ungebührliches geschehn. Du bist bezeichnet mit dem Siegel der Erwählten der Allherrlichkeit und gehst im Geistreich ein und aus, so leicht wie jedermann durch seines Hauses Türen.

Wie kommt es, dass gerade du dich solcher Wohlgewogenheit der Himmlischen erfreuen kannst? Das hat sein Beginnen mit der Klarheit der Gedanken in Bezug auf geistige Gefilde und Domänen wahrer Wirklichkeit, die bei Mir allerhöchst im Kurse stehn. Von da sind für dich Segnungen und Wohlfahrt, Wohlgesonnenheit und Herzensgüte zu erwarten. Schliesst du dich Mir an, kann Ich die allerbesten Günste und Gepflogenheiten Meinerseits gehörig zu dir transferieren, damit du dich in deiner Lage sicher und in Mir geborgen fühlen kannst von Tag zu Tag und ganz besonders in der Stunde schrecklich dräuender Gefahren. Du Bist, was Ich dir liebevoll vermache und atmest auf in Meines Atems allbeglückenden und liebevollen Zügen.

1.3
Was denk Ich Mir zu dem, was Meine Pläne sind für den so herzensnahen Menschengarten? Verwirklichung hab' Ich schon immer Mir geboten in der kosmischen Dimension, in deren unerhörten Weiten Myriaden Galaxien aufblühn und verglutén. Zur Krönung allen Schöpfertums jedoch entwarf Ich Mir das Menschentum als mikrokosmisches Gefüge, dessen Qualität das Sinnenfällige weit überragt, dem die Irdischen so viel Beachtung und Bewunderung entgegenbringen. Was aber wahrhaft zählt, ist die transzendierende Verbindung zum Allgöttlichen, in dessen Huld und Schuld sie immerwährend stehn.

Eine Brücke führt vom Unermesslichen zum Festland. Aus dem Menschenvolk gemacht ist sie, und die muss kräftig und beständig sein, um alle Last und alle Lust der Welt mit Würde zu ertragen. Träger dessen aber, was die Menschen sind, Bin Ich, der Seiende von eignen Gnaden und Verheissungen, von Weh und Ach, wie vom Triumph der Mächte und Gewalten, die sich als die liebevollen, lichten, himmlischen und herzensgütigen erweisen, ewig, selig, heiter, hoch erhaben.

1.4
Mutig, mutig liebe Brüder! Es geht um alles in der Welt der tausendfachen Seinsvermehrung. Wenn du schmollst, dann schmolle Ich zurück und lasse dich in desolatem Zustand gnadenlos am Wegrand liegen. Flehst du Mich um Hilfe an, biet' Ich dir ein Arsenal von Wohlbekömmlichkeiten, die deine Seele stärken und dir den Geistraum öffnen in bewundernswerter Grossmanier.

Was Ich von dir verlange, ist nichts weniger als ein erfinderisches Heldentum, womit du deinen Schlendrian in Sachen Geisteswirken überwindest und darauf in Meinem Reiche Wohnsitz nimmst, um in ihm aller Wonne Wohlfahrt zu erfahren.

1.5
Wohlgepolsterte und Weidenschlanke können sich nur sehr bedingt vertragen. Die Prinzipien des Lebens, das sie führen, sind zu verschieden voneinander, als dass sich Harmonie und Wohlverständnis, blühender Konsens und gute Sitten zwischen ihnen etablieren könnten. Ebenso fällt es auch vielen schwer, das rechte Mass zu finden zwischen ihrem Sein und Meinem, denn ihr Menschsein kennt nicht anderes als die verhäng-

nisvolle Fülle von Gedanken, die sie über ihren Status und ihr Weltbedeuten hegen.

Ich muss ihnen dünn und farblos, unwirklich und steril erscheinen, weil sie Mich mit ihren ausgeprägten Sinnen nicht erfahren können. Was ist hier zu tun, um Besserung und Ausgewogenheit zu bringen? Lauschen sollen sie auf jede Regung des Gewissens, die sie zur Erkenntnis führt, was wirklich ist und was sich auf der andern Seite als Betrug und Schein herausstellt in den Reihen der Verführten.

All so kehren sich die Werte um, die wir vordem mit so viel Akribie und Wohlverstand verteidigt haben. Behäbig wissenschaftlich und vernünftig wird zum Nonvaleur vor der umfassenden Bedeutung, die das Sein gewinnt in seiner Pracht und allerfüllenden Allüre.

Wer aber zählt zu dem, was Ich Mir Bin in wunderbar gesättigter Potenz und hocherhabenem Mich-selbst-Gewahren? Gerade du in deiner Einfalt, deinem Chic und deinem gravitätischen Benehmen bist das beste Zeichen Meiner Gültigkeit und Grazie in dir, denn ohne Mich kannst du nicht sein und ohne Sein wirst du dich nimmer in dir selbst erleben.

Gerecht sind deine Wünsche, wenn sie Mich in dir betreffen. Glückselig bist du in der Einung und der Einheit mit dem Allerhöchsten über dir, wie in der Kammer deines Herzens, liebevoll, verbindlich, traulich, licht und wahr.

1.6

"Dona nobis pacem", flehe du dem Himmel zu, geliebte Weltenseele, denn dazu bist du berufen, deine Lebenstage froh und unbeschwert im Sein zu kosten und bewusst in Meinem Vaterhause ein- und auszugehn.

Was hat es denn auf sich, dass du dich so gedankenvoll in deine züngelnden Affären und Ereignisse verhaspelst, ohne deren dickes Ende abzusehn? Das ist, weil du dich ohne Meine Meisterschaft im Kalkulieren stets verrechnest und an deiner Eigenwilligkeit und Unbedachtheit in die Irre gehst. Ermannst du dich jedoch, Mein Sein in dir zu pflegen, trete Ich sogleich an deiner grünen, kühnen Seite an und löse das Gebundene und strecke das Gewund'ne so, dass du Übersicht gewinnst bis in die Weiten Meiner Gottessphären. Dort Bist du, was Ich Bin, des reinen Seins erhabenes Gefährt, erfüllt vom Wohllaut himmlischer Gesänge, wie von der Gewissheit, dass nun alles gut ist und gediegen, einig mit dem Einen und ins Glückselige des Ewigen hineingeboren.

1.7
Noch und noch Erinnerungen produziert das Leben aus der Welten Klang und Süsse, Klagelaut und Weh. Was wärest du, wenn du dich nicht an allem halten könntest, was im Leben je geschah? Gar vieles wäre da, doch wüsstest du nicht, wo es hergekommen und wer es dir bescherte.

Zusammenhänge finden ist das Zauberwort, das dich wahrhaftig weiterführt im Leben. Was die Klugheit dir gebietet, packe tapfer an und löse deine Seinsprobleme durch die Kombination von Wissen und Erfahrung, Wohlverstand, Geduld und gutem Willen. Du erfährst dich dabei immer mehr als wohlgelungene Synthese zwischen Geistigem und Sinnenfälligem, die erst dein ganzes Wesen ausmacht im Allhier. Das Geistige Bin Ich in deinen Fibern und Vestrickungen. Ich helle auf und leite dich von Höhenzug zu Höhenzug im Wunder deines Daseins, wie in dem des Eingehns in Mein Reich der ultimaten Grazie am Sein, der Herzenswonne und des Tauens der Gerechtigkeit und Liebe, der Holdseligkeit und Wohlgemutheit in den Rängen der Verklärten.

1.8

Hab' Ich doch Mein Lied gesungen einmal, zweimal, hundertmal, hab' die Töne um das Sein gewunden, das Mir voll Wonne offen war. Wie gewaltig lebenstrotzend, kräftequellend sind nun Meines Wesens silberhelle Attribute, denen Ich des Allsinns Fabelhaftigkeit verdanke, fraglos, seelenselig, grandios.

Ich Bin, was wahre Werte in sich hütet, trete auf als einer, der da weiss und wissend zieht unendlich dargestellte Spuren. Endlos und gefällig darf Ich Mir die Schöpferfreudigkeit bestätigen, die Mich beseelt und deren Schmelz und Grazie Ich tausendfach geniesse.

Wie gesellig und gekonnt Ich Mich vor dem Geschaffenen verhalte, immer sind es sind Meine eignen Züge, denen Ich Unendliches gewähre. So geschieht es, dass Ich seinem Fallen reine Seinsgefälligkeit erweise und sein Nichtsein mit dem Hauch der Gottesglorie umgebe. Willkür ist Mir fremd, wenn Ich Mein Eigensein in dir berühre, um Mir Vollendung zu verpassen in geheimnisvoller Mission. Das ist, weil du in Freiheit dich für das Zusammenspiel mit Meinem Nimbus und Gewicht entscheiden sollst, um damit götterherrlich, seinsbewusst, glückselig und aufs Innigste mit Meinem Sein vermählt zu werden.

1.9
Alles, alles ist so wahr, was deine wundervoll gefiederten Gefühle sind und sagen. Du brauchst nur tüchtig hinzuhorchen auf das, was sie dir deuten und schon überzeugen sie dich von des wahren Lebens Sinngehalt und Stil. Das schafft dein leis erwachendes Gespür für Ewiges, das dich mit Mir verbindet in des Lebens Kalendarium und unerbittlichem Final.
 Bist du auch noch so sehr geschüttelt von des Schicksals machterfüllten Stössen, Ich stosse dich damit auf Meines Seins beförderlichen Pfad. Dein Wesen ist in Meinem vollends aufgeschlossen und erfüllt sich in sich selbst, wenn es nur will, als glückerfüllte Variable ebenso wie als das Eine, das in unerschütterlicher Wohlfahrt da ist in des Alls erhabenem Verschränken.

1.10
Gehorsam und gerecht sollst du vor Mir einhergehn durch den Aufwall deiner Erdenzeiten. Dein Wille muss der Meine werden in der wunderbaren Übereinkunft, die wir miteinander pflegen. Das wird dann sein so gleichgestimmt und hell und heil, wie auf zwei Saiten, ganz der derselbe Ton im seinsbeglückenden Erklingen.
 "Ich liebe dich so wie du Mich" ist des Empfindens makellose Melodie, dem warmen Herzblut eingeschrieben. Was immer du erfährst, ist durch die Aufeinanderfolge himmlischer Hierarchien Mein Erfahren und was du durch die Dauer deines Weltseins in dir akzeptierst, ist Meine Gunst und Kunst des Akzeptierens. Somit ist es dir unmöglich, dich aus Meiner Mitte fortzustehlen, ohne dass Ich darauf unverzüglich, vehement und weise reagiere. Frei bist du in deinem Handeln, doch das Freisein

von Mir ist als Abstieg zu betrachten, den du teurer zu bezahlen hast als jeden liebevollen Schwenker her zu Mir, der dich mit Zuversicht und Freude, Seelenwärme und Begeisterung erfüllt am Sein und Leben.

Kommst du Mir entgegen, ist es, dass Ich dir in absolutem Gleichmass auch entgegenkomme in der Wesenseinheit, die wir sind und ewig unvermittelt bleiben.

1.11
Pankraz der Schmoller ist ja auch ein Teil von Mir, den Ich mitnichten missen möchte. Er zeigt Mir seinen Rücken in der Ecke seiner selbst und ist beleidigt über etwas, das er schlecht verdauen kann ist seinem engen Magen. "Was ist es, das Mich quält", soll er sich tunlich fragen, "das ich in der Begrenzung selber mir erschuf"? Was so ist, kommt im grossen Denken nimmer an, das Ich mit wunderbarer Weitsicht und Bewusstheit ständig produziere. Es sind die göttlichen Dimensionen, die Mir lieb und teuer sind und die zu pflegen das erhabne Wohlgefühl begründet Meines Seiens im Allhier.

Immer musst du dich um Arbeit an dir selbst bemühen, denn so schlank und rank du bist, es müssen andre, wesentliche Werte, dich beseelen. Melde dich bei Mir und Meinem Weistum gütlich an und lass dich von Mir zur ersehnten Gottesebenbildlichkeit und Geistesschönheit modulieren. Mein Gewissen steht dir trefflich an und Meines Seins Erkennen soll das deine sein in unerhört beseligenden Zügen.

Leiste dir den Aufwand, der dich zu Mir führt und fühle dich von Mir begnadet und beseelt, ergriffen und erheitert und voll Zärtlichkeit von Mir umfangen, wenn du's täglich tust.

1.12

Handelsware ist bei Mir darauf beschränkt, dass Ich dir Mein Sein beschere. Mein Täufling bist du der Allherrlichkeit von Geistes Gnaden, wie vom Glanz des Himmels, der dein Seelenangesicht verklärt. Ohne Mich bist du der Abgang wundervoller Tage, der Habenichts, der seines Vaters Haus frivolerweis' verliess. Die Furcht vor dem Zerfall ist dir ins Angesicht geschrieben.

Was gedenkst du eigentlich um deines Heiles Willen schlecht und recht zu tun, ist hier die Frage? Es gibt nur eines: Mir und Meinem Anhang restlos zu vertrauen und im lauschenden Gebete zu versuchen, Meines Wortes Klang und Klarheit zu vernehmen.

Da reicht es keineswegs, ein Schöngeist und gerissener Poet zu sein in Amt und Würden, denn es geht nicht an, das vor der Nase Liegende zu feiern und dabei dem Ewigen den überfälligen Tribut aufs Schwerste zu versagen.

So ruf' Ich dir aus Himmelfernen zu: Komm ungesäumt auf Meine Weide und erlabe dich an dem, was Ich dir gütevoll entbiete. Wunderbares kann Ich dir empfehlen: Eine Schau von überirdischer Gelassenheit und auserlesenem Beseelen. Du gewinnst, was andere in ihrem Tramp verloren haben. Rechenschaft gibst du dir über alle deine Taten und ziehst es vor, nur gotteswürdige und geisterfüllte zu begehn.

Es gilt für dich, beschaulich und devot zu werden und zugleich deine Gotteswirklichkeit und Würde einzusehn. Du leistest niemals ein Zuviel, wenn du dich vollends Mir ergibst, sodass Ich schliesslich

alle deine Werte in Mir trage. Das macht, dass du dagegen Meines Universenwertes in dir fündig wirst, was dir erlaubt, dich frohgemut und heiter, dankbar und beglückt in Meinem Silberglanz zu baden.
  Bist du Mein, so Bin Ich dein und trage dich zu Meinen Wundern und Geselligkeiten, Meinem Ratschluss und verbindlichen Befehl, allwie zu Meinen Weiten und Glückseligkeiten im erhabenen Allhier.

1.13
Kontinuierlich und gekonnt erhebe Ich den Einfluss Meiner Güte in die kosmische Struktur. Raumschaffend und Bewegung intendierend stelle Ich Mich dar als Göttervater und Geliebter Meiner selbst im unerschöpflichen Getriebe und Gewitter aller Disziplinen auf der unerhört geschmeidigen, taufrischen und bewundernswerten Sternenbahn. In Meinen Kräften wuchtet sich die Kraft von Myriaden Meinem Hochgewinn und Meiner permanenten Glorie entgegen. Selektiv und wonnevoll verwalte Ich die Fülle Meiner Güter und stärke, was sie sind, im Hinblick auf ihr immerwährendes und sakrosanktes Expandieren.
  Derweil Mir nichts verloren geht, ist's Mein beständiges Bestreben, Mich in Mir selbst zu finden als das Eine, das in unerhörten Seinsgewittern sich ergeht und dennoch ruhig lichte Überlegenheit begründet in den Universenweiten um sich her.
  Glückselig, wer in Mir des Geistraums Unerschrockenheit und Sagenhaftigkeit erfährt. Ihn muss Ich in Mir selber loben und beständig dazu bringen, dass er unter Meinem leitenden Befehl Gedeihen um Gedeihen produziert. Wahrhaftigkeit und liebevolles Training sind vonnöten, um die

Geister Meiner Zunft und Sitte dazu anzuhalten, Mehrwert und Gefälligkeit, Subtilität und Glorie zu generieren.

So meistere Ich, was Mir frommt und so betone Ich die Wirkung deiner Gegenwart, wie die Bedeutung deiner Taten und Errungenschaften, Liebenswürdigkeiten und Vermächtnisse in Mir.

1.14
In der Gemeinschaft aller Wesen hab' Ich Mich erkannt als das, in welchem alle Dinge sind und sich im Universenreigen vor Mir neigen. Nichts entgeht Mir offenbar, wenn Ich nur tief genug in Mein Michselbst-Begründen tauche und dabei Schicht um Schicht von dem Unendlichen, das Ich Mir Bin, geziemend offenlege.

Das Geläuterte verdichtet sich dabei zum Laut der Freude über das Gelingen Meiner allgewaltig ausgedehnten Mission. Was im Unteren sich als Beständiges und damit Illusorisches erweist, ist Mir hieroben nichts als ein lebendig strömender Gedanke von auserlesner Qualität und seelenvoller Güte, ein Sein von Schöpferkraft und Liebe, Harmonie und Heiterkeit im ewig Wunderbaren.

1.15
Reichlich mitgenommen trägst du dich nach langem Kampfe in das Buch der Weisheit ein, den wahren Fortschritt zu gebären. Wer aber wacht und wirbelt, Segen spricht und schlichtet über deinen Aktionen, Bin Ich, rein und gütig, dominant in allen Lagen und auf seelenvolle Harmonie bedacht.

Wie du Mich kennst, erhalte Ich Mein Eigenes auf beste Art und Weise, die Talente fördernd und das Mittelmass erhebend, um dem Weltgedanken

mählich Form und Farbe, Nützlichkeit und wohlerwogene Vollendung zu verleihen.
Du bist Mein Abbild und Mein Angebind und sollst es sein zum Ruhme Meiner Taten. Bewusster und bescheidener zugleich soll dir die Attitüde von dir selber werden. Dies zu erreichen, pflanze Ich den Keim der guten Hoffnung in dein Streben und verwandle, was du bist, ununterscheidbar in dasselbe, was Ich Bin im Hangen und im Bangen, wie in der Sicherheit des Absoluten, um im Universentempel Einheit und Freude, Licht und Heiterkeit in reiner Fülle zu gebären. Halte dich an den, der ist und du wirst von ihm Wunder über Wunder im Begreifen seiner Geisteskraft erleben. Was hindert dich daran, dein ganzes Leben -wie nach einem fabelhaften Stern- nach Meiner Zuverlässigkeit und Eintracht, Verschwiegenheit und Leuchtkraft auszurichten? Nichts und niemand, wenn du nur Vertrauen fassest und geduldig Meinem unfassbaren Strahlenlicht entgegenschreitest. Du schweigst, derweil Ich in dir ruhigen Gewissens rede von der Herrlichkeit der Geistesgüter, die Ich jedem anzubieten habe, der da will und will sie unbedingt erreichen.
Wie kannst du nur, wie ahnst du nur, was Ich dir so bedeute? Es ist der Drang, es ist die Spur, zum ewigen Geläute. Vernimm Mein Wort im Herzen dort und lass' die andern fahren. Erhebe dich geflissentlich in Meine lichten Sphären, Ich schenke dir, bewusst in Mir, allherrliches Verklären.

1.16
Treue Liebe zum Leben begleitet den Schwall Meiner Taten und achtet die Vielen, die mit Mir durchs Dickicht der Vorschriften gehn. Trägst du das Weltwohl im Herzen, beschreitest du Pfade, die

unmissverständlich zum Ganzen dich führen, und das ist Mein Sein, das in allen Belangen und Reichen das Erste und Letzte bedeutet im ewigen Jetzt, über das Ich mit Freimut und zärtlicher Feinheit verfüge.

Kaum zu glauben ist's, wie hochgesinnt, barmherzig und gewandt Ich aller Zügel Zug in Meinen Händen halte und damit die laufenden Affären aufs Entschiedenste und Wohlgelungenste, Verheissungsvollste und Beseligendste dirigiere. Wacker ist und stets vom Keim der Wohlgelungenheit durchzogen alles, was Ich unternehme, und so gleite Ich durch die Jahrtausende in freiem, wonnevollem Flug dahin, Unendlichkeiten zu gebären. Ich bewähre Mich in jedem noch so diffizilen Fall, der Mir zur Lösung aufgetragen, weil Ich unbeschränkte Genialität und Siegeskraft, Behutsamkeit und klare Sicht auf was Ich Bin in Mir versammelt habe. Nichts kann Mir misslingen, weil Mein Ansatz Meisterschaft, gediegene Erfahrung und Verherrlichung der Tugend mit sich führt. Konkret gesagt: Mein Ein und Alles ist Vollendung jeder angekurbelten Idee und Weiterführung ins Unendliche der strahlenden Gesetze, die Ich Mir mit auf den erfinderischen Weg gegeben.

   Damit ist auf jeden Fall Mein absolutes Heil beschlossen, wo Ich immer geh' und steh' und wo Mein gütestrahlender Impuls Projekte anreisst und unwiderstehlich zum erhabenen Gelingen dirigiert. Sieh' nun: Alles, was Ich Mir ins Herzblut Meiner Welt geschrieben habe, muss auch dich betreffen, weil du Mir im Innersten verwandt bist, jetzt und alle Tage. Raffe dich und wappne dich in diesem überragenden Gedanken und erkenne, dass du Meinem Sinn gemäss und Meinem göttlichen Berühren alles Bist, was ist als seiende Substanz und gloriose Glut des Universenlebens.

Töricht sind, die sich bloss auf ihr Sinnensein versteifen und noch nicht begriffen haben, wie viel wendiger, verständiger und weiser Ich in allem Bin, was sich als Manifest des Gotteslichts durchs Dasein schlängelt, drängelt und beständig neue Werte und Verbindungen gebiert, die unweigerlich und vielversprechend von sich reden machen. Du Bist und bietest eine von den abervielen zünftigen Gegebenheiten Meiner Kür, die alles wandelt und verhandelt, was da immer ist, zum Guten und ereignisvollen Gluten im unendlichen Getriebe und Betriebe, das Ich inszenier.

Weide dich mit Mir an dem, was du in götterlichter Selbstverständlichkeit und Minne generierst und trage Sorge zu den Vielen, die dich bei deinem Treiben unterstützen müssen. Es ist ein Grossprojekt von überwältigender Vision, das Ich in der Allweltlichkeit betreibe und dem Ich voll Begeisterung und Tatkraft gütlich innewohne. Entscheidest du dich, zum Gelingen des Allwirklichen dein Scherflein beizutragen, hast du dich für Mich entschieden und bekräftigst damit, dass du Bist ein würdiger Begleiter Meiner siegessicheren Intentionen. Dein In-Mir-Erwachen zeitigt Freude, Frieden und den Wohllaut reiner Harmonie in deinen Gründen, die die Meinen sind in wunderbar gesegneter Manier, wie in den seelenvollen, unermesslich reich bestirnten Weltentiefen.

1.17
Einigkeit macht stark und einig war Ich Mir schon immer in der Sicht auf die gewaltige Hierarchie, die Ich in allem, was Ich Bin, repräsentiere. Wer hat je soviel Folgsamkeit und Freiheit zugleich produziert, wie Ich es unternommen habe, um der Menge Meiner Bürgen hier und dort die Wahl zu lassen

zwischen Anschluss und Versagen, Bruderschaft und Feindschaft, Macht und Minne und schlussendlich der Errungenschaft des reinen Seins im Wunderbaren?

Meine Züge sind die eines Göttervaters, der im Augenblick Äonenläufte übersieht und sich der Zeit wie auch des Raums bedient, um sich in allem darzustellen, was er ist und was Ich Seine Schöpfung nenne in den Abgrundtiefen unter Mir, wie immer sie sich halten und verwalten mögen. Hieroben Bin Ich vollends eins mit Mir und schwimme darob in Glückseligkeit und Wonne, ewiger Heiterkeit und unerschütterlicher Harmonie. Von Mir geht alles aus und kehrt geläutert und getrimmt, auf Zartheit eingestimmt, und reine Geisteskraft geworden, zu Mir selber wieder.

Du bist, wie jederman, dazu berufen, dich Mir freien Willens ganz zu weihen in der Einsicht, dass dir eben nur das Allerhöchste ganz genügt. Und wo ist es zu finden? Ganz in dir, der du Mich bist im Sein der Zeiten, wie der Ewigkeiten, die sich allesamt getreulich und behutsam, mählich und bewusst in Mir verlieren. Hier gibt es keinen Abstand mehr und alle Widerstände sind verblasst vor dem ereignisvollen Liebesfeste, das die vifen Geister Meiner Provenienz und Sitte miteinander feiern. Inkognito Bin Ich dabei und lasse Mich in jedem seelenvollen Individuum zum Tanz verführen. Nur allzu gerne drehe Ich Mich mit Mir selbst im Kreise, weil Ich Mich darin so sanft und zärtlich, liebevoll und lauter einig weiss im Wunderbaren.

Gar friedevoll ist, was Ich in den Reihen der Geweihten Gottes inszeniere, denn sie sind seit Urbeginn in aller Offenheit und Poesie, Langlebigkeit und liebevollen Harmonie mit Mir verbunden. Was Ich mit ihnen teile, ist das Eins- und

Einig-Sein mit allem, was da ist und was das All in der unendlich reinen Bruderschaft der Sterne brüderlich vereint zur selben Melodie der Freundlichkeit und Milde, die sie sich im Strahlenlichte der Allherrlichkeit aufs Innigste gewähren.

  Das gewährst auch du, sowie du Mich in dir und dich in Mir zu deinen Gunsten und Bewunderungen, Seligkeiten, strahlenden Verdiensten und Behauptungen in unaussprechlichem Gesunden stilisierst.

2

Herzblut deines Wesens

2.1

Was zeigst du vor, wenn Meine besten Kräfte dich unwiderstehlich heimwärts führen? Ist es dir gelungen, Meines Massstabs Richt und Ziel gebührend einzuhalten, um deinem Leben Sinn und süsse Zauberkräfte zu verleihen? Meine Fragen, scharf und logisch formuliert, bedrängen dich mit ihrer Offenheit im Herzblut deines Wesens und drängen dich unmissverständlich dahin, dir zu überlegen, was du Bist in deiner ganzen Machart und Mixtur.

Du hast gelebt und bist im Grund genommen doch sehr wenig wahre, wache Schritte zu Mir hergekommen in deines Schreitens Sinngedicht und Spiel. Was du dir geworden bist, hat Konsequenzen für dein weiteres Bestehn, wie für die Welt, die Ich aufs Beste formuliert und in die Freiheit des gekonnten Über-sich-Verfügens und Dem-Sein-Genügen in das Zeitliche entlassen habe.

Gingst du zimperlich, langfädig, eigensinnig und gewissenlos voran, muss Ich dich ernstlich rügen. Du verkleinertest, statt zu vergrössern, schliefst, statt wach zu sein, und wendetest dich ab, statt grenzenlos zu lieben. Eine Weltenwunde ist es, die du damit schlugst und ein klägliches Versagen, das du offenbartest, statt mit Mir im Lebenskampfe zu bestehn.

Nun ist es Meine Machart, grenzenlos Geduld zu üben und dir aufzuhelfen, wo Ich kann. Doch die Folgen deiner Unart musst du selber tragen. Wandle dich, ruf' Ich dir zu und beeile dich, was du versäumtest, nachzuholen. Immer Bin Ich da, dein Lebensbudget aufzubessern und auf dein Bitten hin Mich ungeniert in allen Winkeln deines Wesen einzurichten, so wie Ich es Mir wohl leisten kann, um deinen kühnsten Wünschen vollends zu genügen.

Ausgezeichnetes will Ich in dir gebären. Deiner Wohlfahrt Stütze will Ich werden und für Ewigkeiten nimmer von dir gehn. Du Bist, um allgemach die Herzensruh' zu finden, deren du bedarfst, um heiter, selig, rein und frohgemut im Sein zu stehn, wie in der Unermesslichkeit der Gottessphären.

2.2

Denkst du an Musik, so denke Ich an das, was Ich dir liebenswerterweis' ins Herzblut sage. Alles, was da ist, schwingt sich in leis' bewundernswerten Tönen aus und gibt sich damit zu erkennen als des Lebens sprühende Lebendigkeit per se in Meinem Zaubergarten.

Das Herz ist ebenso Empfänger dessen, was gesagt ist, wie das lauschend dargereichte Ohr und offenbart Verständnis für die Nöte, Freuden und Begierden der empfindungsreichen Menschengenerationen. So ist es ausgemacht, dass dich ein freudiges Ereignis wohlgestimmter hinterlässt als ein bedauernswertes, nach dem seinsmelodischen Vorübergleiten.

Die Welt ist wenig dazu disponiert, in der Beträchtlichkeit des allgemeinen Rauschens Feineres und Feinstes wahrzunehmen und dennoch ist gerade dieses bildend und belebend für das Herz, wie für die Seele, derweil sie sich in ihrer Anmut ständig in der Ungemütlichkeit des Geisteshungers winden. Bist du fähig, das, was Ich dir so besage, als den Wohllaut himmlischer Gesänge zu vernehmen, wirst du auch begreifen, wie dezent und rührend Meine wunderbar elysische Gestimmtheit deine aufhellt und zu Seligkeiten führt, die sie vordem nie erfahren.

So ist das Heilige mit dem verwandt, was deine Seele schwingend und ereignisvoll berührt, um sie in ihrer Welt zu adeln und erheben.

Was immer sich in deinem Lebensreich ereignet, scintilliert bemerkenswerterweis' in Mir und hält Mich dazu an, darauf aufs Schicklichste und Angemessenste zu reagieren. Das ist, weil alle Welt, und sei sie noch so ausgedehnt, sich in der Meinen, die unendliches Bewusstsein ist, befindet und damit nimmer von ihr weichen kann. Gerade dieses Phänomen soll dir ein gütevolles Zeichen sein der Selbstverständlichkeit, mit der Ich dich umflore. Bist du denn in Mir, so Bin Ich auch in dir und wirke wesend Meine Weltenangelegenheiten. Wille strömt zu Wille, Weisheit zum erregten Denken hin, und Meiner Seinsglückseligkeit Empfinden macht das deine warm und süss und lässt es selig in der Meinen sein und rekreieren.

2.3
Kein noch so Rüstiger kann älter als Ich werden, weil *Ich* jeden, der da *ist*, erwartungsvoll erschuf. Eh' du warst, Bin Ich, des Seins erhabene Gebärde. Die tritt im Weltsein aus sich selbst hervor in allgöttlichem Verfügen. Unendliches verschränkt sich pausenlos mit dem Alltäglichsten. Das ist, um es zur Seinsgerechtigkeit zu stilisieren.

Wo komm' ich her, wo geh' ich hin? soll für dich keine Frage mehr bedeuten, sowie du Mich erkannt hast, herrschend in der Eigentümlichkeit der Geistessphären. "Hebe deine Augen zu Mir auf", ist immer noch modern und schickt sich auch für dich in deinen vielgestaltigen Planetentagen.

Die Malaise in der Gesellschaft menschlichen Geblüts geht mit der Gottesferne Hand in Hand und die will Ich gerade dir nicht gönnen, denn die Seele sucht das Wohlbefinden und die Liebe und dazu gehören Seinsvertrauen, Ehrfurcht und Gewissenhaftigkeit.

Betrachte Mich als Rädelsführer aller guten Taten und erfahre dich in seligem Erinnern, wie in der Gelassenheit der Seinsverklärten, alleweil in Mir.

2.4
Klösterlich kann jeder werden für die Zeit der Meditation im stillen Herzensstübchen. Du glaubst es kaum, wie wohl das tut, für ein paar wenige gesegnete Minuten den Gedankenstrom auf eines nur zu richten, das Ich Bin und das Du Bist in deinen tiefen Gängen der Vertraulichkeit und Zwiesprach mit dem Allerhöchsten.

Es mag dich seltsam und begeisternd dann berühren, zu erkennen, dass dein eigentliches Wesen einer Geisteskraft entspricht, die aufs Intimste mit dem Sein an sich verbunden ist seit Urgedenken. Was glaubst du, was für ein Gefühl der Sicherheit und Unabhängigkeit dich dann beseelt, wenn alle erdgebundenen Gedanken schweigen und du dich vollends auf dein geistig Teil und Wesen konzentrierst.

Bedeutender und schöner kann kein Durchbruch sein in deinem schicksalsträchtigen Philosophieren. Dein wahres seinsgeschichtliches Momentum kommt zum Vorschein in der Fülle, die Ich dir in allen Sparten deines Seins vergebe. Fassest du sie richtig auf, so muss dein Eigendünkel schwinden und die ganze grosse Schönheit Meines Strahlens in dir auferstehn. Du darfst dich dann Verklärter und Gesundeter, Glückseliger und Heiler nennen in der Folgerichtigkeit der laufenden Affären.

Das ist, was ist und was die Hähne von den Dächern krähen und die Tauben nimmer hören können. Jedem das Seine wünsche Ich, doch dir das Allerbeste, Seinsverbindlichste, Beglückendste und Gütestrahlendste von Mir.

2.5
Du lebst in Träumen, Ich in Wirklichkeiten, die von Alters her das unumschränkte Sagen haben. Mache dir nichts vor bei dem Gedanken, dass in Meiner Hemisphäre alles ist, derweil in deiner laufend Todesschreie durch den Äther hallen. Dabei wird Mir klar, wie sehr du noch von Abschied und Vergänglichkeit in deinen Reihen als in Illusionen lebst, die dir den Weg ins spirituelle Weltverständnis vehement verstellen. Was dich noch lockt und wie mit einem Bann belegt, ist das stoffbezogne Denken. Es verriegelt dir die Tür zum Geisterkennen und damit zum Eintritt ins unendliche Geschehn. Des aber Bin Ich Zeuge und Verfechter noch und noch mit manchem Sinnspruch voller Variationen. Es äussert sich darin der Geist der Wahrheit und der Stärke, des Lichtes und der Liebe, der Ich Bin und der du Bist, der Sakrosankte und Geheiligte im Seinsgenügen.

So geschieht, was immer muss geschehn, nach Meiner Art und Fülle wie nach dem Prinzip der Gottesweisheit und Gerechtigkeit im Aufwall der Äonen.

2.6
Grund zum Jauchzen ist genug vorhanden, wenn eine Seele wie die flinke Schwalbe sich zu Mir erhebt, der ihre Freude ist, ihr Licht und ihr beseligendes Wohlbehagen. Mir ist es nicht egal, ob auch dein Eifer dahin zielt, das Allerhöchste zu erfahren, das da ist: Dich im modernen Gottesreich

präsent und anerkannt zu fühlen. Weise ist es, Mir allein vollkommen und verbindlich anzuhangen, weil du Bist ein unveräusserlich integrer Teil von Mir und Meinen Himmelsreichen.

Das, was schon immer Sinn- und Seinsgeschichte war, sollst auch du mit deiner Gegenwart erfüllen mit dem Zweck, ihr Auftrieb und Verbindlichkeit, Erhabenheit und Würde zu verleihen. Es ist ein Götterregime hier am Werk, in das du wie die rote Rose in den Strauch und wie die Perle in den himmelblauen Ozean der guten Hoffnung auf Gelingen eingebunden bist. Schlussends, was willst du mehr, als eine edle Palme sein in Meinem Zaubergarten und eine gute Tat in Meiner Sammlung von gloriosen und gewissenhaften Liebestaten, die Ich in aller Welt wie auch in deinem Resümee begehe.

Willst du was erleben, lege deine Hand in Meine und lass' dich von Mir unablässig und vertrauensvoll zum Weistum, Reichtum und Bewusstsein der Erlösten führen. Kenne Mich - und du bist überall bekannt, bezeichne Mich als deinen Vater und die ganze Sternenwelt wird dich als Königssohn und Erbe der Allherrlichkeit verehren.

2.7
Meine Mission erstreckt sich über Kontinente, ungezählte Wechseljahre und gewaltige Kulturen. Zug um Zug dem Geistesmeer entstiegen sind die Aberwerke Meines weisen Rauschens und Ver-wirklichens der raumgewinnenden Ideen Meiner Zucht und Zartheit, Überlegenheit und Poesie. Unerhört geballte Energien stehen Mir seit eh und je zu Diensten, derweil Ich ihre Kräfte zu immensen Feuerwerken stilisiere, deren Lichtgestalt den Universenraum beleuchtet und belebt. Alles, was

Ich Bin, ist einfach da und wird von Mir verwendet als das Inventar der Glorie des Himmels, um raumschaffend die Ideen zu verwirklichen, die Ich Mir zielbewusst und hochbrisant gebildet habe. Auf der Ebene der Gotteswirklichkeit ist alles, was da ist, intakt und spielt sich ab nach logischen Gesetzen und Begünstigungen, Strebsamkeiten und Erfüllungen sui generis von Mal zu Mal. Mir kommt es nimmer in den Sinn zu darben, wo doch aller Geisteskräfte Überschwang Mir strahlend zur Verfügung steht. Mein Wille ist der Wille eines Seinsgiganten, dessen Aufbruch zu den Sternen ständig sicher steht, Meine Wucht das Walten der Äonen und Mein Sein das Sein der Myriaden, die in diesem ihren Reichtum, ihre Würde, ihre Seligkeit und Stärke und schlussendlich ihr Sich-selbst-Begreifen leuchten sehn.

2.8
Was ist hochaktuell, wenn nicht die Botschaft, die Ich überall verkünde, vom Sein an sich, das Meine Stärke ist des Absoluten und die Kraft, mit der Ich alle Meine Werke spielend ins Unendliche erhebe. Siehst du diese Weisheit des Allhöchsten ein, so ist dir zweifellos in deinem ganzen Lebenslauf aufs Allerbeste und Gediegenste geholfen.

Dazu steht geschrieben: Wer sich selber hilft, hilft sich gerade so wie Ich Mir helfe als Ich Bin und damit als das Benedeiteste, das seine Tore mit dem Hauch der Weisheit netzt und seinen Aufgang mit so süssem Licht bekleidet, dass die Völker staunend seine segenvolle Spur verfolgen.

Merkantile Überlegungen sind mitnichten Meine Sache, doch das himmelstrebende Kalkül vom Sein im Seligen lässt Mich nie, nimmer wieder los. Es schaukelt Mich hinan in Räume des Erlebens, wo

Ich völlig unbeschwert, selbstsicher und fidel agiere und Mich nicht geniere, diesen noblen Terminus spontan und vehement hinauszujubeln in die Niederungen einer Welt von Hader, Zwiespalt und Verängstigungen.

Was noch eben bitter und belastend schien, ist nun in eine Minne Gottes sondergleichen aufgestiegen.

Das, womit du nie gerechnet hast und womit Ich dich im Jenseits aller Dinge überrasche, ist die Offenbarung, dass du Bist und immer sein wirst als ein Medium der unerschütterlichen Grazie am eigenen Bestehn und eine sinnverstrahlende Rochade zwischen dem, was dir einst fremd und feindlich war und deinem jetzigen, dem alle Liebe gilt im Himmel wie im irdischen Betriebe.

Lernst du irgendetwas kennen, kennst du unvermittelt Mich in Meiner Demut und Bescheidenheit, wie in der Pracht der Lichterscheinungen allüberall wo Leben ist und Gnade des Allherrlichen im Übermass.

Willst du ein Kleinod deiner selbst im Eigendünkel der Geschichte sein, so bist du auch ein Grossod in des Gottes Sanktuarium und Überragen, dem Ich Hirt bin, Helfer, Feuerkraft und Stil im Wettbewerb mit allem Minderen, das Ich in deinem Wesen haushoch überrage.

Trage Sorge zu dir selbst, damit Ich Mich umsorgt und fein geliebt, geachtet und erhaben fühle. Deine Rede sei: Ich will – und Meine: Ich verleihe dir den Segen dazu und die Kraft des Allerhöchsten, die dein Wesen seinsgefällig, tapfer, ewig heiter und glückselig sich verstrahlen lassen.

2.9
Wer träumt nicht davon, sich bei guter Laune zu erhalten durch den lieben, langen Lebenstag? Was

nur allzu vielen nicht gelingt in ihrem An-sich-selber-Wüten, muss beim Weltenherrscher, der Ich Bin, nichts als ein mitleidvolles Lächeln evozieren. Denn bei allem, was Ich schon in Szene setzte durch Äonen, liegt noch ein unendlich ausgedehntes, schöpferisches Brachland höchst erwartungsvoll vor Mir, an dem Ich Mich mit allen guten Kräften, die Mir innewohnen, leichterdings versuchen werde. Das lässt sich dann aufs Wunderbarste an, indem Ich neue Formen, Farben und Geschehnisse kreiere, die in Meinem götterlichten Umfeld strahlende Begeisterung und Anerkennung generieren. Ein völlig nebensächlich Werklein mag im winzig Kleinen seinen Anfang nehmen, doch werden es im Rauschen der Geschichte stets potentere Gedankenströme von Mir liebevoll umkreisen. So werden seine Brauchbarkeit wie seine Wohlgestalt bewusst erhöht, bis sie vom Stadium des Keimlings zum gewaltig aufgetürmten Lebensbaum geworden sind, der Staunen auslöst und Bewertungen von höchstem Rang und stattlichem Verfügen.

Es ist schon süss, Erfolg zu haben und süsser noch, im Spiel der Genialität so viel Mir eben einfällt, auch zur Wirklichkeit zu transferieren. Das erzeugt dann immerwährendes Interesse und vergnügliche Beschäftigung mit Dingen, die Mir holdselige Befriedigung wie auch immense Reputation verschaffen.

Wie kannst du zögern, es Mir gleich zu tun, da Ich doch in dir der geheimnisvolle Lektor, Rektor und Vermittler aller guten Gaben Bin, die sind und die von dir nur anerkannt, gepflegt und vor Mir ausgebreitet werden müssen. Es ist so etwas wie dein Anstand Mir und Meiner Güte gegenüber, dass du dich so aufführst, wie Ich's intendiere, ist es auch dein freier Wille, dich zum Guten oder Miserablen zu entscheiden. Mach' dich auf und werde, was Ich in dir Bin und sei der Glücklichste von allen als ein

Leitstern der Gerechtigkeit am Leben und ein Gloriosum der Glückseligkeit im wonnestrahlenden Allhier.

2.10
Als Vater der Gelehrsamkeit und Sitte gehe Ich einher im Schwung und Umschwung Meines Reiches, das da alle in das eine Wunderbare, nicht von hier, zusammenfasst. Willst du Mir die Hände reichen, dass Ich dich hinüberführe, her zu Mir, so rette Ich dich aus dem Spiegelsaal der Tausend Illusionen, in den du dich von Jugend auf verirrt hast. Ich mach' es wahr, dass du in deinem Gegenüber Mich erkennst als Animator und Verrichter aller Weltentaten. Du gehst ein in die Erkenntnis einer Wirklichkeit von geistiger Dimension, die alles Weltliche von innen schaut in seiner Offenbarung göttlicher Potenz in wunderbarem Wohlgeraten.

Du bist nicht irgendwer und nicht verstossen, sondern schreitest mitten in dem Strom der Gottesgüte, die dich durch Fährnis und Verwundung sachte weiterführt ins ewige Gesunden an dir selbst genauso wie an Mir. Es ist die innige Vermählung aller Dinge und Gegebenheiten mit dem Einen, das Ich Bin, die alles Angefangene in eine gloriose Zukunft trägt von weiser Einsicht und Beharrlichkeit, von Menschengüte und Verträglichkeit der Charaktere, wie von Seinsgerechtigkeit, an der sich schliesslich alle aufs Profundeste erlaben.

Die Welt hat Zukunft in dem Mass, wie die handelnden Akteure Mich am Steuerruder sehn. Es gilt, Vertrauen zu entfalten in das Dasein wohlgesinnter Mächte, die gerade in den Wirrwarr Ordnung bringen und ins reichlich aufgeschreckte und zerrüttete Gemüt den langersehnten Frieden. Nur die Heilung durch den Geist bringt Trautheit in die Weltenstube und vereinigt alles in dem grandiosen Sternenwohl, das Ich ihm Bin und das Erlösung, Zuversicht und Wonne im Bewusstsein der Allherrlichkeit bedeutet. Der Gedanke blendet, das Gefühl vereint und fügt sich in die allumfassende Gebärde Meines Handelns und Bestehns von göttlicher Gewähr und von allmenschlichem Bewähren.

2.11
Licht und Liebe send Ich dir mit Meiner Engel auserlesner Schar, dir einen friedevollen Heimgang zu bereiten. Kommst du geflissentlich zu Mir im sinnenden Gebete, so komm Ich nun zu dir, um deine Seele mit dem Wohllaut Meiner Gegenwart zu ehren. Du sollst erfahren, was es heisst, die Gunst und Güte eines Gottes zu geniessen. In die lichte Seligkeit will Ich dich führen und dir gut sein auf dem Weg ins weihevolle Sternenmeer.

Dies ist Mein Herzensdank für dein so reines Bürgerleben, dem eine Würde innewohnt und eine himmelstrebende Gebärde, die gar vielen Menschen Vorbild sein kann für die Art und Weise, wie die Menschen durch das Dasein schreiten sollen: gottergeben, gläubig, traulich, liebevoll und heiter.

Nun geschieht's, dass du in Meinen Schwingen seelenvolle Ruhe finden darfst und dass Ich dich mit der Glückseligkeit des Himmels und der Wonne des Elysiums begabe. Öffne deine Arme und empfange, was dir frommt und was Ich dir mit segnender Gebärde überreiche. Es sei mit dir und in Mir das lebendige Wesen der Allherrlichkeit gelobt und vielgeliebt im Wunderbaren.

2.12
Bist du entschlafen, schläfst du bald nicht mehr. Denn es geschieht nach Meinen Direktiven, dass du dich als Seinsbewusster wieder in Mir findest und dich über deine Lebenstaten mählich selbst belehrst. Du fühlst an dir, was du getan im guten oder zweifelhaften Sinne und bedeutest dir damit, was zu verbessern ist in einem künftigen, verheissungsvollen Erdenleben. Denn deine Sehnsucht nach unendlicher Gerechtigkeit am Sein und Streben ist unendlich gross.

So ergibt es sich, dass deine Herzensangelegenheiten Meinen immer mehr und inniger gleichen. Was du im Menschenreiche warst, bist du genau im kosmischen Bewusstsein wieder und verherrlichst so dein Wesen als dem Meinen innewohnend, liebevoll, gottesselig und aufs Traulichste ergeben.

Das ist die Geschichte deines Werdens hin zu Mir und ist zugleich die Meine in der Unité der Geister und Empfindsamkeiten, Fakultäten und Begriffe wie Versöhnlichkeiten im gottseligen Allhier.

2.13
"Kein schöner Land in dieser Zeit als hier das unsre weit und breit", wer kann das schon von sich behaupten, wenn er nicht in Meinem Sein verankert ist und Meinem unerschöpflichen Begaben. Zu unbeständig ist das Zeitliche, als dass man auf es bauen könnte als für ewig, licht und schön. Was hast du denn davon, dass du enorme Werte scheffelst, die das Bedürfnis für ein angenehmes Leben vielfach übertreffen und damit Ballast sind für den Aufstieg in das Wirkliche, das Ich dir Bin und das sich in der Leichtigkeit und Liebenswürdigkeit des Himmels badet?

Krumme Touren sind im Grund nicht süss und führen ins Abseits des Guten, das dich schnurgerade zu Mir führen will und Meinen sakrosankten Gütern.

Auch die Wildheit führt nicht weiter, denn Verrenkungen erzeugen Unruh, Missmut, Wut und Schmerzen und vergelten dir den Aufwand nicht, den du betreibst in deinem An-dir-Wüten.

Nur eingefügt in Meines Fittichs unbeirrten Flug erwachsen dir die Freuden der Begeisterung am Leben. Du gehst und suchst nicht mehr in fremden Ländern, weil du Mich gefunden hast im Reich der ewigen Gesetze wie im Reichtum reiner Gnade, die Ich dir unendlich sanft und seelenvoll verströme.

Glück und Frieden sind in deinem Haus die Gäste der Beständigkeit und lassen dich den Wohllaut der Holdseligkeit Elysiens im Himmel der Gerechten und Erfahrenen erleben.

2.14
Was ist denn wahre Kunst? Dem Ungekünstelten den Weg, die Wahrheit und das Leben zu bereiten. Du trimmst dich hoch, benimmst dich wie ein Connaisseur der tiefsten wie der höchsten Regionen und bringst dennoch nichts Vernünftiges zustande, weil du Mich nicht kennst und Meines Adels Flanke, Sinnbild und Gewähr. Das macht, dass deine Züge allsogleich wie sie entstehen, dem Verrotten preisgegeben sind, derweil die Meinen nimmer welken und sich als erhaben über Zeit und Raum und jegliche Gefährdung präsentieren. Götterwerke sind gefeit dem stärksten Sturm entgegen und haben die Tendenz, sich aus sich selber zu erklären. Nimmer kommt das menschliche Verständchen ihnen bei, und nur der Benedeiung des Erkennens wohnt die Kraft und das Gedeihen

wahrer Einsicht inne, wie die Dinge sind, die Ich mit Götteranmut generiere.

Hast du das begriffen, greift dich nichts mehr mit der kalten Schulter des Verstandes an. Du begegnest allem, was da ist, mit Herzenswärme und herzinnigem Begreifen. Weisheit strahlst du aus und Licht des Absoluten, das die Welt in Schönheit badet und das Wohlgeläut Elysiens verbreitet, wirkungsvoll, wahrhaftig und gediegen.

Was willst du mehr, als diese Botschaft reiner Kompetenz und feingeschliffnen Siegens über alle Widerwärtigkeiten, die das Leben in sich birgt, derweil das Sein sich einen Deut um Dinge kümmert, die es in seiner Götterruhe stören wollen. Es vernimmt den Hader und verwandelt ihn sogleich in Güte der Allherrlichkeit und in die Klarsicht, die sich die Verklärten zugeeignet haben. Bist du, trägt dich Meine Schwinge zu den Sternen, weisst du was du Bist, erklärt sich dir das All im Glück der Stunde, wie im Ewigen, das sich in dir behutsam zur Holdseligkeit verbreitet, lichtvoll, harmoniegesättigt und loyal.

2.15
Im ewigen Wandel wandelst du dahin, wo sich die bitter kleinen wie die hochgeschossenen Zelebritäten tummeln, ohne nach dem Wie zu fragen. Ich aber nehme sie beim Schopf und kläre sie darüber auf, was sie sich wirklich sind in Meinem benedeiten Rang und Namen.

Holdseliges Geflüster will Ich hören von der Schar der Avancierten, die die wunderbare Einsicht pflegen, dass sie in Mir sind das Nonplusultra sakrosankter Gottestaten. Denn schon ihr geringstes Wenn und Aber mündet in den weiten Lebensstrom, den Ich in guten Treuen unterhalte, um Mich selbst voranzubringen in der Zeiten Sehnsucht, Lust und Qual.

Was hat es doch auf sich, im Dienste des Allherrlichen zu stehn und zu erkennen, dass die Fäden allesamt in Ihm zusammenlaufen. Töricht ist es, diesen Stand der Dinge nicht zu wünschen, sowie im Trubel der Geschäftigkeit in sich zu versinken, ohne Gotteswürde, Sinnkraft und Final.

Verfolge du den Ansatz Meiner Spuren und sei, was Ich Bin, in der evolutionenlangen Seinsgeschichte, die Mir eigen. Wache auf zu Mir und Meiner Art und Weise, das Lebendige zu fördern und das Tote hinter Mir zu lassen in dem Wahn, in dem es sich vergraben. Pflege das Beglückende in deiner Schau auf was du dir in Mir geworden bist und lass' dein strahlendes Bewusstsein sinngemäss und selig, lauter und in Mich verschlungen in den Sternenhimmel fahren.

2.16
Wettbewerb muss sein, weil darin die strebenden Gemüter ihre Stärke und ihr Leitbild finden in der vielgestaltigen Bewerberschar. Doch ist es auch vonnöten, dass sie mählich hinter ihrem Merkpunkt und Gehaben Mich in aller Form und Fülle, Wohlgemutheit und Brisanz am Werke sehn. Niemand kann nur auf sich selber zählen, ohne dass er Mich in seinen Regelkreis und seine strahlenden Verdienste einbezieht in seiner Euphorie und seinem Willen, einst aufs vielbewunderte Podest zu steigen. Erfolg zu haben ist so süss, und alle andern hinter sich zu lassen, ein Erlebnis von spontaner Eigennützigkeit im unbedingten Siegen.

Was hast du nun davon, wenn das Erreichte dir nur Geld und Macht bedeutet? Bei aller Virtuosität muss sich auch dein Charakter, deine Grossmut und dein Sinn für Soziales bilden. Denn ohne die Gemeinschaft aller wird der Einzelne in seinem Streben niemals gross.

So magst du dich nach deinem Eigenwillen voll Elan an dein erlesnes Ideal vergeben. Doch das Umfassende, das Ich dir Bin, soll dein Gedankenfeld stets als die Basis deiner Aktionen und Bedürfnisse beleben. Das allein schenkt dir Vertrauen, Güte und Gelassenheit am Wirken, das du dir voll Eifer zugestehst.

Also trage Mich im Herzen als der Inspirator deiner Dispositionen, beweise dir den Fortschritt als den Meinen und erlebe so dein Seinsgefühl und deine lichte Seligkeit daran.

2.17
Kontraste wirken auf den sinnenden Betrachter dann besonders schön, wenn sie ohne jeden Zweifel bestens miteinander harmonieren. Doch ist es meistens fehl am Platze, rigoros schwarz-weiss zu malen, denn da wird die Spannung ungeheuer gross und ist deswegen kaum mehr zu ertragen.

Es ist recht unnütz, unbedacht daher zu sagen: Das ist gut und jenes böse. Denn das Leben äussert sich in ungezählten, kaum beachteten Nuancen, die es eben interessant und farbenfroh erscheinen lassen. Da ist es dann an dir, auf feinste Ziselierungen und Unterschiede Wert zu legen und dich an dem gebührend zu erfreuen, was man eben noch als anders oder ähnlich oder sinnverwandt bezeichen kann.

Doch in der Sparte des subtilen Unterscheidens ist die Sprache kaum geeignet, ganz gerecht, präzise und bedeutungsvoll zu sein. Da hilft schon eher das Gefühl, das man auch bis zum Äussersten trainieren kann, bis es uns makellose Kunde gibt von dem, was ist und was damit das ewig Unveränderliche offenbart, in dem wir sind und leben.

   Alles andere ist ewig fliessend, steigend, fallend, sich verändernd und erschöpfend. Nur das eine, das Ich Bin, ist von der Art des ewigen Gleichmuts und der unveräusserlichen Heiterkeit am Sein und Wesen. Schau zu, dass du dein wahres Wesen als identisch mit dem Meinen herzensfroh erkennst und dass du dich in diesem Fall ins Absolute einreihst, das in sich kein Unterscheiden kennt und sich voll Lust und Kraft und Wachheit, Grazie und Hoheit im Unendlichen erlebt.

2.18
Dir zum Zeichen schau den Sternenhimmel an. Mein Mut und Meine Sehnsucht liegen darin, allem was da ist, zuinnerst zu gehören. Dir mögen Träume schwellen von Unendlichkeit und von unendlichem Gestilltsein deiner Wünsche, Ich erfülle sie genauso, wie sie Mir erfüllt sind, lind und makellos im ewigen Beschauen.

   Da gibt es eine Kunst des wunderbar gesitteten Verweilens mitten im Gedankenarsenal. Von Mir ergeht das Rüstzeug für die wirkliche Erfüllung dessen, was du Bist, in Meinem Atem, Meiner Glorie und Meinem allumfassenden Bewusstsein als die souveräne Krönung Meiner Ich-Natur.

   Nicht bange brauchst du dich zu fühlen, selbst wenn rings um dich Verächtliches und Niederträchtiges geschieht. Geprüft wird damit dein Vertrauen in Mein Regime sonder Güte und Gerechtigkeit am Sein und Leben. Alles, was geschieht, hat eine innere und eine äussere Struktur und die vermag nur Meine Weisheit zu durchschauen. Dein Edelmut und deine Güte allem gegenüber schafft Verbindlichkeit mit Mir und wird sich auch in deinem Fall aufs Allergründlichste bewähren.

3

Fülle deiner Seinsstruktur

3.1

Konstanz im Werken und Gestalten soll dein Ziel und deine Absicht sein im Reich des reinen Dich-Verspielens aus der Fülle deiner Seinsstruktur. Du kamst aus Mir und Bist nun, was Ich Bin, im Geistessinne wie in der hochgebornen Liebestat von eignen Gnaden. Was hierbei zu bemerken ist: es trägt dich alles, was du äusserst, denkst und tust, voll Eifer und Bedeutung Mir entgegen. Jede noch so unscheinbare Motion bestimmt den Mehrwert oder auch die Minderung, die dich wie Mich betrifft in deinem gottbegnadeten Gehaben. Also gilt es, dich beständig wie ein Fürst, Faktotum der Gerechtigkeit und Friedensstifter zu benehmen.

Es gibt genug Verbissene, die nichts als Unruh' stiften und den gerechten Gang der Dinge hemmen um sich her. Das soll deine Zuversicht und Melodie nicht sein. Mein In-dir-Wirken wird Erfolge zeigen von berückender Serenität und ausgezeichnetem Die-Waage-Halten zwischen dem Zuviel und dem Zuwenig, dem Zu-Grellen und dem Matten, wie dem völlig Ausgeflippten und dem Allzu-Braven in der von dir geschaffnen Seinskultur.

Schaffe keine Zwänge, denn das mehrt den Widerstand, der allem Neuen sowieso entgegensteht. Hingegen weihe dich dem wunderbar Harmonischen, das jedes Herz in wohlgemute Schwingung, Allegrie und Heiterkeit versetzt in seinem Rauschen, Tauschen und Bestehn. Es ist ein Mir-beständig-auf-die-Lippen-Schauen, um noch jedes Wort der Güte und Gelassenheit von ihnen abzulesen, das Ich dir ins lauschende Gemüte säe. Unter Meiner Diktion wirst du allmählich, was du Bist und sein sollst in der Tragödie der Menschlichkeit, in die Ich dich verschlungen.

"Weide Meine Lämmer", trag' Ich dir auf, denn es gibt noch allzuviel Naive, die den Wert des

Gegenwärtigseins nicht sehn. Ihnen gegenüber heisst's, Geduld zu üben, Grossmut und herzinniges Begreifen. Mach es dir nicht leicht, doch wisse, dass in Meiner Hemisphäre alle Leichtigkeit von Erd' und Himmel dominiert und des absoluten Freiseins Schwinge dich berührt im Bunde mit dem wunderbarsten Herzensfrieden.

3.2
Wort für Wort geb' Ich dir zu bedenken in der Schule des erhabenen Geflüsters Meinerseits an dein geliebtes und gesegnetes Gehör. Es soll dich freudig stimmen, was Ich dir aus lichter Geisteswelt besage, und die Ströme des Erinnerns, die von Mir zu deinem Sehnen fliessen, sollen dich für Mich gewinnen in der Gotteswohlfahrt liebevollem Schoss.

Wende du dich dorthin, wo die wundervollsten Früchte prangen und wo in Meinem Anger sich die Fülle allen Seins erhebt, um dich in Traulichkeit von Mir zu grüssen. Ist das nicht bezaubernd, liebenswert und wunderschön?

Niemand von den Weltlichen hat je erfahren, was für die bereitet ist, die sich bedenkenlos in Meinen Schutz und Schirm begeben. Es geht ein Raunen der Begeisterung und Ehrfurcht durch die Scharen, wenn Ich vor ihrem Staunenden Gewahren licht und friedevoll erscheine, um sie in die Wonne Meines Gegenwärtigseins zu tauchen. Das ist von Meiner Seite so brillant, bezeichnend und loyal, dass sich im Nu die Stimmung innigen Verbundenseins verbreitet.

Jede Meiner Gesten soll dir lieb und gut sein und dir den Beweis erbringen Meiner Sorge um dein Wohl. Sieh' doch, an Meinem Hofe ist gut leben. Glück um Herzensglück bereit' Ich dir; Ich lass die Meinen nimmer darben und versehe sie mit

Seinsgerechtigkeit, taufrischer Liebe und bewundernswertem Lebenswohl.

3.3
Hast du begriffen, welche Wahl dir offen steht zwischen dem, was du im allgemeinen Menschentum zu sein scheinst und dem einen Überwältigenden, das du wirklich Bist, in der Menschengötter sakrosanker Schar? Deine Disposition ist dazu angetan, in Meinem Namen Wunderdinge zu vollbringen. Granulatweis kollert Meine Weisheit, wenn du willst, in deine kummervollen Tiefen. Du hörst's nicht gern, wenn Ich dir sage: Um ein vieles mehr wär' Mir vergönnt, dir mitzuteilen, wenn du nur Interesse äussertest an Meinen Offenbarungen. So manches wäre noch zu sagen aus der Fülle dessen, was Ich weiss und was Ich wissend unter Meine Bürgen trage. Das Vermehren deiner Geistesgüter steht in Meiner Absicht obenan und klingt und singt in deinem strahlenden Bewusstsein, wenn du Mich nur immer lässt gewähren.

In abersüssen Lektionen übergeb' Ich dir die Blüte dessen, was Ich längst erfuhr. Du sitzest, schwitzest und verdaust, was Ich in heiterer Gelassenheit und Würde intus habe. Dass sich das lohnt, muss Ich nicht zweimal sagen, denn der Wandel des Bewusstseins in der menschlichen Natur ist auch das A und O der Evolution, die von ganz oben in die Massen strömen soll, um sie bedächtig und gekonnt, gebührend und solvent ins Geistreich einzuführen.

Das ist das eine. Doch das andre ist die Kunde von dem Ziel, das du bereits erreicht hast, ohne es zu wissen, indem Ich als der Ursprung und Vermittler allen Seins seit eh und je in deiner Herzensmitte wohne. Du brauchst nur tief erkennend dort hinabzusteigen, um das Unvermittelbare zu erkennen und dich damit einzureihen in die Gilde der Verklärten, die, von keiner Sorge mehr bedroht, sich immerzu den Wohlgeruch Elysiens eratmen. Geliebter Meiner segenspendenden Ideen, das ist auch dein Los, wenn du nur genügend Achtung in dein Leben investierst. Alles Her und Hin hat dann sein Ende, wenn du mitten im Getriebe seligen Gewissens in Mir ruhst und nach der tollen Fahrt zur Insel der Glückseligen die Segel streichen darfst in Meinem gütevollen, heiteren und lichterfüllten Hafen.

3.4
Farbenklänge gleiten wie versöhnliche Musik durch die illustren Räume der verehrten Lauschenden und lassen ihre Seelen liebevolle Freuden spüren. Das Dezente teilt sich dem Beschauer stets auf wunderbar gediegne Weise mit und leitet ihn zum freudigen Erkennen aller Weltenschöne. Es ist das Mass der wohgebornen Dinge, dass sie die Heiterkeit beflügeln und Beseligung bereiten dem, der sie beachtet und in ihrem Sein unendlich liebt.

Kinder sind geneigt, sich selbst zu lieben und den faszinierenden Erscheinungen des Lebens wie den Schmetterlingen nachzujagen. Für sie ist alles kostbar und entzückend und lässt ihr angeregtes Herzblut Freuden tanzen. Kannst du noch kindlich sein, ist hier zu fragen und bist du fähig, aus der kleinen wie der grandiosen Welt erheblichen Gewinn für dein Gemüt zu destillieren?

Du möchtest weise sein? Sieh zu, dass dich die unscheinbaren Dinge inniglich berühren und verweile still in ihrem Bannkreis, an ihrem Charme und ihrer Süsse, selig, lind und wach geworden.

3.5

Hosianna singt dein Herz, wenn es den Ton gefunden für das Lob der Schöpfung, die ihm eigen ist und die es nun vertritt als fabelhafter Multiplayer und Mäzen. Was kannst du Bess'res tun, als in dasselbe Horn zu blasen und dein Sein als Sein an sich und unentbehrlich für die Erdenwelt wie für den Kosmos zu betrachten? Das ist dann das Richtige und Wirkliche in der Vollendung deiner Züge als Gottseliger in himmlischer Gewähr.

Sieh' dich um und konstatiere, dass das Sinnenleben überall, wie an dir selbst, unweigerlich vergeht. Das Übersinnliche jedoch hat seine Stätte, Stärke und Bravour im strahlenden Bewusstsein, das Ich Bin und das du Bist im ewig Wunderbaren.

So sind vor dir die Tore aufgetan ins unermessliche Gesunden an dir selbst in einer folgerichtigen Lebendigkeit von Gottes Silberhauch und Gnaden. Es ist dein eigener Atem, der dich durch das Geistesabenteuer führt, an dem du wachsend dich erfährst und schliesslich als Vollendeter erklärst im Reich des Lichtes und der Seinsgewissheit, dem du innewohnst seit eh und je, wie für das Kommende in dir und Mir.

Erhabenheit tritt auf, wo sich die Lebensdinge in dem Einen finden; unendliche Gewähr erfüllt die so Begabten für das Eingefügtsein in die Schöpferkräfte, deren Zauber unablässig Neuwert schafft und seelenvolle Harmonie. Das Unergründliche wird dir zum Grund für dein Bestehn, und damit siehst du dich geborgen auf der Insel der Glückseligen, von der die Dichter, Musikanten, Maler und Verfechter aller Künste tatenfroh erzählen. Auserlesenheit und Gotteswürde sind auch deines Seiens Zyklus, Zauberkraft und Ziel. Den Hügel der Erkenntnis sollst du froh und wacker, unbeirrt und meisterlich besteigen, um zu deinem Wohl zu kommen, deinen Rechten, deinem Inbegriff von Seligkeit und unveräusserlichen Götterstil.

3.6

Womit gesagt sein soll dass, Mich betreffend, sich nichts wiederholt im weiten Universenreich, das Ich betreibe. Leicht und locker halte Ich die Fäden Meiner Ich-Natur in benedeiten Händen und dirigiere, was zu lenken und zu läutern ist, mit wohlerwogenem Geschick durch die Äonen. Mir ist nichts fremd, weil Ich in allem, was da ist, Mich selber seelenvoll und sanft und sicher kontrolliere. Eingebettet in Mein Eigenes erreiche Ich im Nu den Gipfel der Holdseligkeit am Sein und Leben, das Mir inne ist im Hochgewinn, wie in der Makellosigkeit der Gotteszeiten.

Alles ist Mir klar und liegt in Offenheit und Heiterkeit vor Mir als Werk und Werkzeug Meiner unerschöpflich dargereichten Gnaden. Was von Mir gekonnt ist, ist gekonnt in reiner Willensstärke und erhabner Konsequenz des Handelns an der eigenen Natur. Du bist ein Abbild dessen, was Ich bisher unternommen habe und erschöpfst dich in der lauteren Gebärde Meines In-dir-Seins-und-darin-zum-Allhöchsten-Strebens.

Mach' es dir zur Pflicht, Mein Ausbund, Angebind und Meiner Fruchtbarkeit Idol zu sein in allen menschenweltlichen Belangen, wie in der Synthese, die Ich mitten in dir redlich und vertrauensvoll vollzieh'. Du bist das Delikateste und Kapriolenhafteste, was Ich Mir je ersonnen habe und was Ich Mir zu unterhalten leiste in der Absicht, es zu fördern und in sich selber zu vermehren gutmütig, grenzenlos, bewusst und unerhört gediegen.

Selbst, was in unendlich weite Weiten reicht, geht Mir und Meinem Anhang nimmermehr verloren. Es ist und ist in sich stabil und weltgewandt, mit Mir verwandt und wendig auf der Spur der heiligmachenden Gottseligkeit, die Ich galant vertrete. Sie ist behutsam, liebevoll und wohlgemut vor alles hingelegt, was sich bewegt und in Mir ruht, vertrauensvoll, erkennend, lichtvoll, geistvoll und unendlich weise im Sich-in-sich-selbst-Verlieren.

3.7
Momentan zu leben heisst, der Gegenwart vor allem Künftigen den sonnenklaren Vorzug geben. Du trauerst dem, was hinter dir bachab ging, nimmer nach und baust auf der Erfahrung, die dich stützt bei der Bewältigung der hängigen Affären. Unverzüglich reagierst du auf die Forderungen, die an deine Leistungsfähigkeit gestellt sind und gibst dich vollends der Erledigung der branchenüblichen Konflikte und Besonderheiten hin, die dir mit Vehemenz begegnen.

In der Gegenwart zu leben heisst, ganz wach zu sein und auf die feinsten Vorkommnisse selbstbewusst und adäquat zu reagieren. Du bildest dich, indem du unverzüglich jeden Vorteil nutzest, der sich dir ergibt aus der Synthese der Gegebenheiten und erörterst Zug um Zug das Wesentliche und Verbindliche in deinem motivierten Seinsgewissen. Nie lässest du das Deine stehn und beeilst dich, es dir anzueignen, um auf deinem Grund und Boden immer aktuell und handlungsfähig, überlegen und gewandt zu bleiben.

Das hebt dich aus der Masse der Bequemen und Bescheuerten hinaus und lässt dich den Erfolg und die Belohnung deiner fulminanten Taten ohne jeden Vorbehalt gebührend feiern. Immer ist es klug und weise, das Gehörige gehörig auch im rechten Augenblicke zu begehn. Das erfordert Kraft und Wille, die Ich dir ins Herzblut lege aus der Überzeugung, dass du sie im ausgesprochen guten Sinne brauchst, um dich und damit eine ganze Welt voranzubringen.

Lamentationen sind bei dir des Bleibens unfroh und verziehen sich sogleich ob der Vernunft und dem gewissenhaften Tatendrang in deinem Überlegen. Alles jetzt Vollbrachte ist so süss und sieht sich prächtig an, gespickt mit den unzähligen Impulsen, die von Meiner Seite zu dir kamen. Was gelungen ist, macht dich zuinnerst froh und hebt die Sicherheit, mit der du stets agierst und deinem Lebenswerk den Nimbus der Beständigkeit und Unbestechlichkeit verleihst.

Du bist wie eine goldne Ziffer in das Buch der weise Wissenden geschrieben und versiehst mit Anmut und Geduld, was dir obliegt und was dir ausgezeichnet ansteht mitten in dem Wirrwarr, den so viele rings um sich verbreiten. Deine Züge atmen Charme und Herzensgüte und dein Wohl besteht in der Erfüllung dessen, was du dir zur Pflicht gemacht und als recht erkannt hast in der Fülle deiner Dispositionen. So schaffst du es, dich frei zu fühlen im Wohlgeraten dessen, was du tust und was von Meiner Seite Linderung und Fortschritt bringt in dein Geschick, das sich dem Ganzen einfügt und damit das Ganze zur Vollendung stilisiert in Meinem Sinn, wie in dem deinen, die sich aufs Trefflichste und Wunderbarste als im Götterlicht gebadet schätzen und verstehn.

3.8
Wer beherzt ist, folge Meinen Sprüngen in die Tiefen der Unendlichkeit, von denen keiner

wiederkehrt, der ihren Duft und ihre Lieblichkeit genossen. Ausgesprochen lehrreich ist der Himmelfahrtsgedanke, der dich in die nahen Fernen trägt der Geistesräume, die ein jedem willigen Betrachter seiner selbst weit offen stehn.

Was hast du denn gewonnen, wenn die Anmut der Unendlichkeit dich liebevoll umfängt und wenn du dich in ihrem Glanze völlig unbesorgt und sicher aufgehoben fühlst für Ewigkeiten?

Bist du deiner Sendung ganz gewiss, erhebst du deine Stimme in der Weise der Verkünder und Propheten, die mit ihrem Seinsgewissen mitten in der Herrlichkeit und Herzlichkeit des Ewigen stehn. Wem es gelingt, auch nur den kleinsten Zipfel der Unendlichkeit für sich und andre fassbar und akut zu machen, ist des wahren Menschengottestums Bereiter, Herold und Athlet geworden. Solchen Fortschritts Genialität steht jedem bestens an, der sie errungen und der in seinem Lichte würdig und geziemend dasteht als ein Held der Unverfänglichkeit, des Scharfsinns und der Tugend in der Meinen.

Ich mache Mir ein Fest daraus, nichts weiter als zu sein im Schoss der Formel eins, die Einigkeit mit allem, was da ist, bedeutet und die in ihrem Aufschwung mit dir die erstrebenswerteste Verwandlung und Veredelung vollzieht, die man sich denken kann im gütestrahlenden Allhier.

Gehorchst du deinem Willen nach Versöhnung, Aufschwung und Gerechtigkeit am Sein und Leben, bist du Mir und Meinem Sein gefällig und gerecht geworden, der Ich über allem steh', was ist und was sich jederzeit als brauchbar und bestimmt für's Ewige erweist im ausgesprochen Wunderbaren.

3.9

Wärme, Grossmut und Verschwiegenheit sind Meine Stärke, wo viel geplaudert wird und sich die Herrscher als Begründer und Bewahrer ihrer kleinen Welt begreifen. Ihr Potenzial ist nie erschöpft, sowie es darum geht, noch etwas Schicklichers und Wohlgemeinters beizutragen zum alltäglichen Geschehn. Auf hohen Stufen stehen sie im Weltgepränge und - zugleich auf der niedersten im Sinn und Seinsgefühl für eine Geisteswelt, von der sie sich freiwillig, unbewusst und kläglich abgeschottet haben.

Ihnen kann nur eine Katastrophe helfen im persönlichen Juhee, dem sie sich vollends dahingegeben. Das bringt sie zur Besinnung auf das, was sie in Wahrheit sind im übersinnlichen wie im zutiefst banalen und alltäglichen Revier.

Darauf kann Ich sie in Meiner Welt und Wirklichkeit begrüssen. Einmal muss und wird es sein, dass sie zur Ebenbürtigkeit mit Mir erwachen und in Mir und Meiner Auserlesenheit ihr wahres Antlitz sehn. Das ist dann das Vereinen aller Gegensätze, die sie von Mir trennen, in dem Einen, das sie mit Mir sind und dem sie schon für immer lebenslustig, selbstbewusst und voller Sehnsucht angehören. Die Fülle aus der Fülle alles Guten kommt dir jetzt und immer zu.

3.10

Vox Perpetua aus dem Fundus Meiner Stimmen und bewundernswürdigen Verwirklichungen. Also Bin Ich in der Lage, Mich gebührend darzustellen und aus Meines Mich-Erfühlens Schoss das Kernige herauszuschälen, das Mich allertiefst bewegt. Somit gilt es nun, was als eine Fülle von Ideen merkwürdig und erhaben ist im Geisterreiche, ins Lebendige zu giessen, dem Ich liebelächelnd übersteh'.

Taufrisch hingebreitet wirkt Mein Ansatz in der Form von Millionen und verträgt sich bestens mit dem, was Ich schon seit Urzeit freudestrahlend von Mir gab. Als kleines Beispiel möge gelten, was Ich als Erfahrung, Fantasie und tapferes Entfalten in dich legte, um der Wertvermehrung willen, die Ich Mir gewissenhaft vergab.

Grundsätzlich will Ich mit den seichten Träumern und Erholungssüchtigen gar nichts gemeinsam haben, doch pushe Ich sie auf, wo die Gelegenheit sich öffnet, ihnen auch nur einen Deut von Meinem Plansoll beizubringen. Das ist eben eine sehr akute Sache, dass Ich Meinen Vorrat an veredelnden Gedanken in die Lebenswelt versetzen will; dabei ist ein erhebliches Zusammenwirken zwischen dir und Mir vonnöten.

Erwache in die Wachheit deines Seinsgewissens; verstehe es, den Schwall deiner Talente weltenrichtig einzusetzen und damit an Meinem Werk die allergrösste Wohltat und Grandezza zu vollbringen.

3.11
Bestand hat, was im Hierzulande schon dem Ewigen gehört, bewusst und aufrecht, tonangebend und loyal. Da gibt es kein Versuchen oder Um-den-Brei-herum-Flanieren, die Himmelsschätze sind gefunden und die Weigerung ist ausgesprochen, etwas Minderes als nur das Allerköstlichste zu akzeptieren.

Wie frei erfunden scheint dies alles in der Frühlingsluft zu schweben. Doch es ist von Mir ein Zeichen der Verbindlichkeit und liebevollen Pflege Meiner Ahnen, Enkel und gewiss auch ganzer Göttergenerationen, die Mir unbedingt zu Diensten stehn. Sein ist Mein Name und der deine noch viel mehr, wenn du bedenkst, wie wenig du dir selber zugestehen kannst und wie viel von dem, was ist, in dich geflossen ist aus hehren Geistesgründen.

Was zählt, ist immer nur, was Ich erzähle und was schwankt, sind deine Rohre, die von Unbeständigkeit und Wankelmütigkeit ein ellenlanges Lied zu singen wissen. Nichts als Meine mustergültige Kantate der Allherrlichkeit kann dich zutiefst befrieden, vielgeliebte Seele, und der Geist der Wahrheit Meinerseits kann deinen so erleuchten, dass er weiss und sich mit dem Allwissenden gefühlvoll und versiert, gütig und gelassen über die immensen Weltenpläne beugt, die sind und seiend ihren Daseinswert bezeugen.

Erst als Geliebter deines Herrn kannst du dich völlig sorglos und dezent, wohlgemut und wonnevoll dem reinen Sein ergeben, das dich wunderbar mit seiner Gegenwart beehrt. Es kostet dich gar nichts, das Köstliche herzinnig zu geniessen, dessen Zeuge du dir bist und dem zu Ehren sich die Sternenfilamente hoch im Wirbeltanz bewegen.

Atme du des Seins Arom in liebevollen Zügen und sei wirklich, was du Bist in Dem, der dich voll Verve ins Wunderland der Seligkeit getragen.

3.12
Trost in Tränen und erhabne Läuterung der geistigen Begriffe wende Ich dir zu, sowie du dich mit Mir vernetzest und in deinem Unheil Heilung bei Mir suchst. Kein Donnerwetter soll dich fürderhin von Meinem Glanze teilen, kein Ungemach den reinen Spiegel trüben, den Ich dir voll Mitgefühl entgegenhalte. Zeig' Mir deine Füsse, deinen Scheitel zeig' Mir bloss und Ich will den Himmelssegen über ihrer Nichtigkeit vergiessen. Reinheit sei dir eine Tugend,

die du ständig übst, weil sie dich Mir und Meinem Sein entgegenführt. Und da Ich alles auch für dich beschieden, lichtet sie, was du dir Bist und schenkt dir Freiheit, Harmonie und seelenvollen Frieden.

Was immer du in Meinem Lichte tust, ist wohlgetan und was die Welt veredelt, kommt ihr von dir zu. Begreifst du nun, wie sehr die Lebensdinge von ganz oben bis zuunterst unbedingt zusammenhängen und von Mir zum Wohl der Welt bestimmt sind durch die Liebe, die Ich für ihren Fortschritt in Mir hege?

Lauf bitte deinem Glück nicht mehr davon und sei in Meiner Geisteshemisphäre ein versierter, nobler Gast, dem alles, was er anrührt, wohlgelingt und der aus innigem Befehl des Gottes Schönheit offenbart auf dem verehrungswürdigen Planeten.

3.13
Stete Wandlung ist des Menschenbürgers wohlerwognes Ziel. Es leuchtet fern, es strahlt dir in der Nähe Zuversicht und Grazie entgegen. Bewegst du dich, kann Ich dir Schritt um Schritt die Wunder deines Wegs erklären. Lass' es gut sein, wenn Ich deine Blindheit nur in Raten lüfte, damit du nicht erschrickst ob den ereignisvollen Weiten, die noch immer vor dir liegen. Was dir Not tut, ist, in deinem Innesein die wahre Grösse zu entdecken, die Ich dir vor Urzeit schon geheimnisvollerweis' verliehen habe. Das ist nun ein Weg, den alle Menschen in der Tat nach Kräften zu beschreiten haben. Immer neue Welten tun sich vor dem auf, der wandert, wandert ohne Rast und Ruh', um der höheren Erkenntnis seines Wesens willen, die ihm Ungebundenheit und Herzensgüte, Wachheit und beseligende Heiterkeit verleiht.

Was ist es denn, das dich zu solcher Unbeschwertheit und Gewandtheit, Liebens-würdigkeit und Grazie des Himmels führt im Land der Väter, die dir ihre Weisheit, ihren Willen und ihr Herzenslied gespendet haben? Betrachte dich als Auserwählter von des Gottes Gunst und Gnaden und du Bist es in dem Masse, wie du deine Eigenheit zurücknimmst und damit zum Allgemeinen wirst, das Ich dir Bin und das Ich dir auf deine Heimfahrt ins Unendliche als Pfand und Antrieb, Geisteslicht und Stillung mitgegeben habe.

3.14
Lies mich innig oder lass' mich liegen, ruft dir jedes Buch beherzt entgegen, dir zum Nutzen und zum Wohl. Innig heisst, mit wachem Geist und reger Anteilnahme, sodass dir ein für alle Mal bewusst wird, was da abläuft und gestaltet ist vor deinem lesenden Gemüte. Ein jedes Wort kann vor dir fad und unbedeutend oder feurig und vielsagend erscheinen, je nachdem ob du's mit reger Fantasie belebst oder ohne jede Anteilnahme hier hinein und dort hinaus spedierst, um es gleich wieder zu vergessen.

Genauso ist es mit dem ganzen Leben, das du führst. Es kommen täglich Tausend Dinge dir entgegen, deren Sinn und Zweck du kaum beachtest, weil du sie halb schlafend wahrnimmst, oder nicht, abstrakterweise, ohne dass sie im Geringsten dich berühren. Bist du aber allem gegenüber aufmerksam, was auf deine Sinne trifft, so wird alles um dich quicklebendig und es erscheint wahrhaftig eine neue Welt vor dir.

Damit ist erwiesen, dass es wesentlich von dir und deinem höchst persönlichen Interesse abhängt, ob die Dinge dieser Welt dir etwas sagen und ob sie, als in sich lebendig, auch von einer anderen zu reden wissen, die im Grund genommen nur die wache Seele sieht. Das geht dann in die Geisterkenntnis über, die mitnichten eine blosse Farce ist, sondern die ein Wirkliches betrifft in allerhöchsten Graden. Daraus kannst du dann ermessen, was es heisst, Ich Bin zu dir zu sagen, denn dieser Geistbegriff enthält ein allerwürdigstes und eminentes Phänomen: die Offenbarung reinen Seins im Raum- und Zeitenlosen, die fortan dein Ein und Alles ist auf deines Lebens sicher, resolut und wonnevoll gewordnen Spur. Du Bist, so wie Ich Bin, das absolute Nonplusultra allen Seiens und Bestehns. Du Bist dir selbst gewollt und Bist gewandet und gewandelt in Allherrlichkeit von überaus bedeutungsvollem Licht und Strahlen.

 Das zu erkennen, steht dir wohl und schicklich an und führt dich zur Alleinigkeit und Wonne, Seinsglückseligkeit und Limpidezza, Makellosigkeit und Treue, allesamt in Mir.

3.15

Einem Tollhaus zu vergleichen ist, worin du lebst und wirkst und wütest all so lange, wie du ohne Mich und Meinen Ratschluss eigenbrötlerisch und arrogant agierst. Es mag dir noch so vieles ungemein gelungen scheinen, aus Meiner Sicht ist es mitnichten nach dem Ebenmass der göttlichen Vernunft getan.

 Aberviele Weiden gibt es, doch nur Meine ist für Herz und Sinn bekömmlich in der Lauterkeit der Absicht, die du beim Einheimsen hegst. Das Egoistische dabei muss einem immer weiter um sich greifenden Gefühl für das Allmenschliche und Allgemeine weichen, denn nur so beginnt in dir

Verständnis für die Einheit allen Lebens, Tuns und Seins zu keimen.

Dass es soweit kommen kann, ist Meiner gnädigen Befriedung aller Gegensätze zuzuschreiben, die da sind und ihren wohlbedachten Part im menschlichen Bereich versehn. Im Gottesreich jedoch gilt eines nur und das ist Mein gezähmter Wille, Meine Seinsvernunft und Mein all-liebendes Gefühl.

So, nun weisst du, wie Ich's meine und wie Meine Uhren sich gekonnt im Gleichtakt drehn. Das schafft Wohlgemutheit, Lebensfreude und vollendetes Begreifen aller Dinge im Allhier.

Wie heisst es doch: Es ist die Lieblichkeit des Himmels offenbar in dir, wenn du nur deine Werke dort beginnst, wo Ich am Wegrand steh und wo Ich sie auch vollende, als in deinem Willen, Herzblut und Erleben.

Dürftig ist das Deine, doch, in Meine Grossmut eingebettet, wird es reich und würdig, kraftvoll, liebenswert und wunderschön. Deines Wesens Zustand ist am Strahlen deiner Augen abzulesen und der Nimbus deiner Werke trägt sich fort von Mund zu Mund und von Erheben zu Erheben. Götterlicht und Wahrheit wirken unablässig in des Herzens Gral und zeugen Wachheit, Heiterkeit und Weltenharmonie.

3.16
Nostalgie ist die berühmte Kraft, die Altes will erhalten, indem sie sich der Pflege des Gewesenen weiht, sowie den traulich aufgemachten Traditionen. Mag das auch recht und gut sein, fehlt ihm der Drang nach Neuem, Unbekanntem, der allein den Fortschritt zeitigt und dem Weltlauf neue Werte zufügt, genial gefüttert und erhaben.

Was Mich betrifft, Bin Ich geneigt, dem Wandel Meine besten Kräfte, Säfte und Talente zuzuspielen, deren Umfang keine Grenzen kennt und die von Genialität, Gerissenheit und Schönheit des Gestaltens triefen. Was hat es doch Erhebendes in sich, ein bewundernswertes Meisterwerk zu schaffen, dessen Nonchalance entzückt und fasziniert.

Was sich als wahrhaft wertbeständig und gediegen präsentiert, ist immer auch vom Göttlichen ein Zeichen, dessen Einfluss alle Welt erfüllt und der zuallererst die Wachen und Tiefsinnigen erreicht, die Bedeutendes und Grandioses leisten wollen. Das Menschendenken ist recht arm, der Gottesweisheit gegenüber, deren schöpferische Qualität und Virtuosität das Menschenvolk befruchtet und belebt und es schlussendlich zur Vollendung führt in ihrem Sinne und Gehaben. Wunderbares tritt so vor uns hin und beglückt, ermuntert und befriedet, was wir sind und schenkt dem Leben Charme und Süsse, innere Freiheit und den Wohllaut wahren Friedens.

Lausche, horch in dich hinein und finde so die Ruhe in dir selbst, wie auch das Göttliche, das dich beseelt und das beflissen ist, dich zu erheben, zu ermuntern und zuinnerst zu erfreuen und erlaben.

3.17
Fluktuationen halten den Betrieb auf Draht und sind gesunde Kost für ihn, solang sie sich nicht überschlagen. Wer geht denn bei dir ein und aus durchs offene Gedankentor, will Ich hier fragen? Lässest du nur Formidable bei dir ein, die deinem Haushalt nützlich sind mit freundlichem Begaben? Gegenüber Minderen hast du die Pflicht, sie allsogleich hinauszuwerfen, wo immer sie sich

eingeschlichen haben. Dein Bewusstseinspool muss rein gehalten werden und soll sich mählich mit erhabenen Ideen füllen, die von Gottesweisheit was verstehn.

Was Ich dabei für eine Rolle spiele, wird dir klar, wenn du bedenkst, dass du dich eben nur mit deiner Erdenwirklichkeit beschäftigst, solange Ich dich nicht mit den Begriffen Meiner Geisteswelt verseh. Das ist dann schon sehr anspruchsvoll, dich Meinen Eingebungen schlicht und unbekümmert zu ergeben. Denn dafür muss dein allempfängliches Bewusstsein reingefegt von allem Unrat sein und sich vor Mir in holder Unschuld präsentieren. Nur wenn du dich loyal verhältst, wird dir von Meiner Seite Lektion um Lektion freimütig und gelassen hingegeben. Das ist dann die Geburt des Ewigen in dir, die deine Ansicht von der Welt gehörig ändert und dich in das Reich der Seinsverständigen erhebt. Weisst du dich zu ihnen zu gesellen, strahlt dein Dasein aller Welt Begeisterung und Lebenssinn entgegen.

Fortan Bist du im Gotteswohl, sowie in seiner Allpräsenz aufs Trefflichste geborgen und bedeutest dir, was Ich Mir ebenso bedeute: Das All-Einige vom selben seinssubtilen Fluidum beseligender Qualität und Reife, dem du bis zum Äussersten vertrauen kannst in gottgesegneter Manier.

3.18
Wach und weitgereist beschreitet der gewiste Wanderer den hohen Pfad des selbstverständlichen Agierens und verlässt sich immer offensichtlicher auf die bewundernswerten Geistgefährten, die ihn durch die Lebenslande führen. Das hat immer inniger mit der Vereinigung zu tun, die sich im

Geistgebiet ereignet, wenn ein Wesen sich vollends dem Sein ergibt mit seinem liebevollen Strahlen.

Alles ist in reine Menschlichkeit getaucht, was dem begegnet, der sich selbst erkannt hat als der Lichtgeborene von Gottes Sinngehalt und Gnaden. Was immer ihm geschieht, ist zugleich dem Allmächtigen geschehn und was sein Lebensreich und seinen Wert begründet, ist in Wahrheit eine seinsgerechte Innovation und Variation von Mir. Kannst du ermessen, was es für dich heisst, ein Gottesglied in corpore zu sein und ein besonnener Vertreter seiner Würde, sinnerfüllt und wahr. Das macht, dass alles Wohlgesittete, das Ich Mir vorgenommen, wie jede wohlerwogene Gebärde ist von göttlichem Geblüt und jeder Anspruch leitet sich von der Erkenntnis Meines wahren Wesens ab im Wunderbaren.

Ich wandle hier und Bin von dort, gefestigt und bewegt. Ich leiste, was zu leisten ist und bin dabei die grandiose Offenbarung der Gediegenheit der Geistessphären. Wo immer etwas auf Mich zukommt, komme Ich Mir selbst mit ausgesuchter Nonchalance und Liebenswürdigkeit entgegen.

Wer sich hier verwundert, ist noch nicht so weit gediehen, dass er allem Lug und Trug Paroli bieten kann auf dem Gelände der Erhabenheit und geistigen Potenz, das Ich Mir ausgewählt und angeeignet habe. Kraftvoll ist und unverwüstlich, was da sinngemäss zum Vorschein kommt und was Ich nie genug empfehlen kann als Aufwall, Lebensregel und erstrebenswertes Ziel.

3.19
Natürlichkeit und bleibender Gewinn sind in Mir aufs Allerwürdigste verankert für Äonenzeiten. Ich rechne nicht mit jenen, die Mein Vorrecht und Mein

wissendes Gebaren arroganterweis' mit Füssen treten. Sie richten schnöderweise in sich selbst zugrunde, was Ich ihnen Bin und partout ohne es zu merken. Nun ist es an der Zeit, mit hohem Einsatz allerwerteste Erfolge und Verbindungen zu generieren und die sind nur in Mir aufs Trefflichste getan. Meiner Lauterkeit gemäss ist es gegeben, dass du dich Mir anheimgibst, um damit Vertrauen, Fülle und Verfügbarkeit, Glanz und Glorie zu erreichen. Ausgerechnet Ich erfülle sämtliche Bedingungen und Glaubenssätze, die für dich und deine Eigenart infrage kommen, um dich liebenswürdiger und redlicher zu machen, als du vordem warst.

Nun ist es an dir, zu unterscheiden, wem du deine Hoffnung, deinen Einsatz und dein Können weihen willst, unmissverständlich, tapfer und gediegen. Das kann nur Ich sein, der in allem dominiert und seinem Aufwand einen überragenden Erfolg und Nutzen garantiert, von dem gar viele kaum zu träumen wagen.

So steht's mit dir und Mir im Bunde der Allherrlichkeit, den Ich als besiegelt ewig unterhalte und von dem die Weisheit und die Weise der Gerechten ausgeht und mit wunderbarer Glorie wiederkehrt ins Reich der Unerschöpflichkeit, des Gotteslichts, der Herzensgüte und des unermessnen Sich-Verstrahlens.

3.20
Restlos in sich aufgegangen ist die Rechnung über Meinen Haushalt in der Sphärenharmonie. Jedem Aufwand steht ein wunderbar gesitteter Ertrag und Nutzen gegenüber. Somit ist es höchst erspriesslich und vergnüglich, mit Mir und Meiner treuen Schar ins Feld zu ziehn der Myriaden Möglichkeiten,

Abenteuer zu bestehn und Reichtum an Erfahrungen daraus zu ziehn.

In guten Treuen ebne Ich dir deiner Lebenspfade Tritt und Steg, bis du unbeschadet in das Land der Seligen gelangst, die nichts mehr als den Zauber Meiner Gegenwart erwarten. Bist du dir bewusst, was es bedeutet, in der Weltengottheit Fluidum und Freundschaft, Freudenkreis und Sicherheit zu leben? Es ist das Überragende an sich, das dir gewärtig ist und deine Seele nährt mit allem, was ihr Wohlfahrt, Wonne und Natürlichkeit des Seins bereitet. Nicht umsonst hat ein Verständiger die edlen Worte deklamiert: Meine Engel werden dich auf Händen tragen und dich mitten durch die Widerwärtigkeit der Tage auf den Hügel der Verheissung bringen, wo du schauen magst, was sie und Ich an dir getan.

Unter Meinem Fittich kommst du eh und je am Tüchtigsten voran und gewinnst dich selbst, derweil die andern sich an eine Welt der Triebe und Vergnügungen verlieren. Gut sein heisst: dem Gott der Wahrheit seine Dienste anzubieten und nicht eher Rast zu halten, bis das Ziel erreicht ist einer Gottesfreundschaft ohnegleichen. Die ist mehr als nur ein Säuseln und Sich-recht-Verstehn, denn sie bedeutet Innewohnen in der Lauterkeit des Seins in voller Selbstverständlichkeit und Grazie, die das Allhöchste dir gewährt. Da kann und muss nichts anderes mehr angetrieben und gewollt, versucht und ausgestanden werden; ewig heitern Sinnes bist du eingefügt und eingebettet in des Allseins wunderbar bereitetes Gefüge und schaust deinem Handeln, Wandeln und Gewinnen aus den Weiten deines Seins voll Anteilnahme zu. Du Bist, derweil dein sterblich Teil dem Werden unterliegt, Ich Bin und reiche Meinen Welten aller Güte Seim, um sie zu Mir heranzuziehn.

Das ist die Geschichte, deren Ich Mich unaufhörlich rühme und die Mein Teil ist, Meines Waltens Ehre, wie Mein Sinngedicht im Wunderbaren.

2.21
Was ist die Sehnsucht reiner Seelen? Dass sie sich wiederfinden dürfen in dem, der sie zur Welt gesandt hat akkurat zum Leiden und zum An-ihr-Wachsen. Zweifellos, da können noch so viele Argumente dafür sprechen, dass sie bleiben sollen, allein der Wille trägt sie zu dem Sterngewölbe, wo die Väter als Urbilder thronen und die Urmütter ihren Kindern Wohlgeborgenheit gewähren. Dort, im Geiste, sind sie wahr und froh und ihrer Sache sicher, denn kein Trug und Spiessertum kann sie dort noch erreichen. Was ihnen seit Urzeiten angehört, wird ihnen dort zurückgegeben und sie werden sich der Grösse, Unberührbarkeit und Reinheit ihres Wesens voll bewusst in ihrem Langen. Was sie da schauen, ist das Wirkliche, derweil sie sich dem Unreellen resolut entrungen haben auf des Seinserfahrens kräftevoller Spur. Was sie hinter sich verbreiten, ist der Segen für die Hinterbliebenen, die allesamt, wie sie, dem Pfad zur Gottesmündigkeit verpflichtet sind. Der Himmel bringe sie zur Einsicht, welche Geistesfülle ihrer wartet und damit der Wendepunkt im Sinn der Wahrheit und Gerechtigkeit in ihrem Wanderleben.

Ein selig Lächeln ziert die Auferstandenen zum Lichte, wie zur Gewahrnis ihres Seins im Geisterlande, wo sie aller Fesseln ledig sind und ihre Tugend, ewige Jugend und Beglückung Bände spricht, die sich an alle Welt verstrahlen. Der Garten reiner Liebe ist bereitet und die warme Sonne strömt darin den Liebenden entgegen. Wo sie immer weilen, lichtet sich die Szene und der Himmel klärt sich auf im allerletzten Wolkentreiben. Klare Nächte, sinnerfüllte Rechte prägen ihres Soseins Hauptgefühl und die Weltennarreteien und Verwerfungen verletzen sie nicht mehr. Entwürfe zu ereignisvollen Gottestaten blinken auf in ihrem denkenden Gefühl und vermehren die Gefälligkeit und Wohltat, die sie an der Welt verrichten. Markanten Leuchtens treten sie ihr Tagwerk an und eine Welle der Begeisterung am Leben geht von ihnen aus, die Füsse der Berufenen mit Anmut und Gelassenheit, Erfolg und Grazie des Himmels zu umspielen.

3.22
Recycling steht bevor, wenn du, durchs grosse Tor getreten, der Dinge harrst, die nun in dein Bewusstsein kommen sollen. Deine Reputation steht auf dem Spiel und hängt von dem Verhalten ab, das du dir vordem zur Gewohnheit werden liessest. War für dich kein geisterfülltes Milieu vorhanden, so tappst du nun im Dunkeln, wie ein Blindgewordener, recht desperat umher und lässest deines bürgerlichen Lebens motivierend oder stechende Erinnerung an dir vorüberziehn, vom Letzten bis zum Anbeginn der Lebenstage. Da bleibt es dir auch nicht erspart, genau den Schmerz zu spüren, den du andern zugefügt, wie auch die Freude, welche du der Welt geschenkt im liebevollen Dich-an-sie-Verströmen. Das gibt dir Kenntnis von dem Wert und Unwert dessen, was du einst getan, und mählich wirst du von dem Wunsch beseelt, noch einmal zu versuchen, besser, menschenwürdiger und überlegter vorzugehn in deinem Handeln, Wandeln und Auf-dir-Bestehn. Das schenkt dir die Gewissheit, dass es mit dir weitergeht in immerwährendem Gesunden an dir

selbst wie im Gewahren deines Weltenumfelds, das Ich Bin und das du selber Bist durch dein äonenwaltendes Betragen.

Dein ganzes Sein blüht vor dir auf als eine reine Himmelsgabe. Du beginnst zu wissen, dass du Bist das ewig unversehrte Wesen der Allherrlichkeit, aus dem die Neugier dich ins Weltliche hinausgetrieben. Doch bist du nun auf bestem Wege, heimzukehren ins Bewusstsein deiner wahren Fülle, Genialität, Kapazität und Meisterschaft im Dienen. Die Erhabensten der Geister flössen dir Vertrauen in dich selbst in liebevollen Zügen ein, wie in das Weltsystem, dem du dich tatenfroh anheimgegeben.

Was bitter war, wird süss, was dich bedrängte, wird zum Drang nach Fortschritt und Erheben und was dich unentschlossen zeigte, spiegelt die Entschiedenheit, Vollendung zu erreichen. Denn nur das Allerhöchste kann dich aus der Niedrigkeit befreien und nur das Allerfüllende kann dir den Raum gewähren, den du brauchst, um gänzlich dich zu sein, in Meine Fülle und Prinzipien gebettet und von Meiner Liebesglut belebt. Und schwinden dir die Sinne, füg' Ich dir neue, geisterfüllte zu, die heller und beständiger, vernünftiger und genialer ihres Amtes walten. So bist du in ein Traumgeschehn geraten, das dich bis zur letzten Faser mit Befriedigung erfüllt und das sich anschmiegt an dein Sehnen mit dem Wort: Dein Bin Ich auf ewig und enthülle dir die Lust am Frieden, an der Harmonie und an der Unerschöpflichkeit des Ewigen, die du dir Bist und die dich nie verlassen wird im Glück des lichterfüllten Wunderbaren.

3.23
In der Liebe Gottes wirst du ausgetragen, bis das Sinnbild seiner selbst gereift ist, hin zur strahlenden Vollendung seines Ideals. Darauf kann die vielgepriesene Geburt ins Ewige erfolgen, die sich in deinem wachenden Bewusstsein feierlich vollzieht. Du Bist nun da und hast die Wahl, im Werden so und so auf deines Schicksals Wucht und Willen einzugehn. Es liegt viel Mahnendes darin, den Willen dir zu stärken, gut zu sein in deinen Aktionen, um dem hehren Bild, das Ich in dich gelegt, gerecht zu werden. Es flutet dir Mein Hauch von Güte, Tugend und Gerechtigkeit voran und hilft dir, unermüdlich, tapfer, weise, wesenhaft und wahr zu sein in deinen Dispositionen. Munter sei und Mir zutiefst ergeben, damit der Wahrheit Licht und der Wahrhaftigkeit Idol zum Zuge kommt in deinem Sehnlich- nach-Mir-Langen.

Es sei, dass du dich unentwegt an Meiner Grösse missest und den Edelmut bedenkst, mit dem Ich immerzu agiere. Dann läuten dir die Lebensglocken Frieden ein - und Heiterkeit des Herzens fällt dir in den Schoss. Des Lächelns Unbeschwertheit adelt deine Züge und gleicht sie stets den Meinen an auf Immerwiedersehn im Wunderbaren.

3.24
Wie sagte doch der Wirt: Es ist die Zeche noch zu zahlen. So ist im Irdischen Betriebe nichts umsonst. Hingegen kannst du Mich als restlos sich verschenkendes Prinzip der guten Hoffnung auf unendlich mehr betrachten. Du hast Mir nichts zu bieten, Ich dir alles, weil Ich aus unerschöpflich reichen Quellen des Bewusstseins Mich an die Allherrlichkeit verschwende. Dabei ist nicht zu übersehn, dass Ich von dem, was Ich Mir im

Äonenlauf errungen habe, niemals weiche, derweil du endlich alles, was du hast, veräussern musst, bar jeden Anspruchs und Befriedens.

  Was ist dein Los, nachdem du weggegangen? Du erkennst, dass du als geistig Wesen in dem Erdenkörper wohntest allsolange, wie dein eigen Schicksal es befahl. Du fühlst dich frei von Körperschwere und gewahrst, wie du unweigerlich gebunden bist an deine guten wie abstrusen Taten. Klar werde dir, dass sich nur Reines, Helles in die Heiligkeit des Geistesalls erheben kann und damit keimt in dir der Wunsch, das gut zu machen, was du je gefehlt. So strebst du wieder nach dem Irdischen und findest mählich deine wahre Würde und dein götterlichtes Ziel. Du vereinigst dich mit dem, der alles ist und weisst dich seinsglückselig, deiner Eigenheit bewusst und friedvoll im Unendlichen geborgen.

4

Prinzip der guten Hoffnung

4.1

Allen Gotteslobes Zagen nimmt in Mir die Fülle einer Donnerstimme an, die durch Unendlichkeiten widerhallt in majestätisch aufgesetztem Wüten. Hoch verehrt ist alles, was von Mir kommt im allweiten göttlichen Gemüt, das lässt sich selbst im Lichte der Allherrlichkeit erstrahlen. So minikrim der Anstoss, so gewaltig der Effekt in den Verlautungen der himmlischen Allüre, denn im Geisterreich hat alles die Tendenz, sich ins Unendliche zu potenzieren.

So lässt sich sagen: was einst Keim war, macht sich im Geiste abergross und was sich in gewaltigen Dimensionen präsentiert, verkriecht sich in die Kritzekleine eines Menschenwesens. Umkreis wird zum Tüpfchen und des Tüpfchens Manifest zum überragend ausgebreiteten Idol der Stärke, Überlegenheit und herzerschütternden Ranküne.

Ich binde los - und in demselben Augenblick ist alles schon entbunden. Ich festige - und alles steht im Bann des gottgegebenen Befehls. Somit ist die Wirkung eines einzigen Gedankens in Mir für Äonen nimmer abzusehn. Deshalb hüte dich, Mein Menscherich, nur das geringste Unbotmässige von dir zu geben, denn es schwillt und schwillt und keines Zauberers galanter Spruch vermag es aufzuhalten auf der Fülle seiner Fahrt. Nur geritzt ist schon für alle Ewigkeit ins Buch des Lebens eingetragen und verlangt nach Ausgleich, seelenvoll und wahr.

Des weiteren will Ich Mich nun im Schweigen baden und verstummend das Gesetz der Wonne um Mich ziehn. Im Nu ist es getan und lässt Mich in die makellosen Höhn Elysiens entschwinden.

4.2
Die Schule der Verquickung mit dem Leben ist so bald nicht aus. Da rat' Ich dir, dich auf ein langes Lernen einzurichten, bis zum Ende der beflügenden Affären, generationenlang. Ich will dir nicht verhehlen, dass dein Schicksals Rendement nicht mit der grossen Kelle ausgeschöpft und ausgefochten werden kann. Was immer dir geschieht und dich veredelt und erhebt, vollzieht sich in geheimen, feinen Schrittchen unaufhörlich, unermesslich und global. An dir ist es, dein Gangwerk optimal zu spreizen, dass du Zeit gewinnen kannst und damit manchem Ungemach der Welt entgehst. In deinen Runden möchten manche gerne sitzen bleiben an der Stelle wo sie sind und recht gemütlich und genüsslich in den Tag hinein und durch die hellen Nächte leben. Hm, was ist mit dir, wie lange willst du zögern, es nur noch mit dem Allerbesten und Gediegensten, das heisst mit Mir, zu tun zu haben? Im Grunde gibt es keine bessre Wahl als die, Mein Angebot direkt und resolut zu fassen und ihm treu zu bleiben Tag für Tag, ein lebelang und mehr.

So gewinnst du, was Ich längst gewonnen habe, eine fabelhafte Sicht auf was Ich Bin und was die Sterne Mir erzählen. Dem Sein entsprungen und in es gebettet und verliebt, betrachte Ich den Sinn in allen Lebens Tätigkeit und Tüchtigkeit bei Mir, in Mir wie auch bei allen Nationen. Sie kommen und vergehn und bleiben doch in ihrem Kern und Keim und Sein auf ewig unerschöpft bestehn.

Hast du begriffen, geht die Lebensrechnung auf, die Schulung hat den Punkt der überirdischen Gefälligkeit erreicht, die heisst dich im Olymp der Göttlichen willkommen. Du bist, wie alle, diesem Wink und dieser Wende zu berufen. Wann ergreifst du sie? Und wann ersteht die Wonne der Gerechten auch in deinem Welt- und Himmelsein? Ich sag' es dir: im Jetzt, das alles einschliesst, trägt und dirigiert und das dich hütet wie das Gras am Hang und wie das Zicklein, das ihm zugetan. Sei das Es und hüte dich, es preiszugeben, dann ist alles gut mit dir und gnädig und dein Dasein ist ein Bijou der Barmherzigkeit am Wunder des Dich-in-dir-selbst-Erlebens.

4.3
Dergestalt ist Meine Sendung, dass Ich in ihrem Nimbus bald wie auf Feuerflammen, bald wie auf Rosenwölkchen geh'. Nichts bleibt den Propheten und Verkündigern des Herrenworts erspart, wenn sie vom Volk verstossen und verlacht und - wieder angebetet werden. Sie sind das Mahnmal einer grossen Zeit, in der Entscheidendes geschieht zu Gunsten der Vertraulichen, wie zur Verderbnis der Verächter guter Sitten und Gebräuche.

Auch das Volk bleibt von der Züchtigung und Rute Gottes nicht verschont. In der Wüste muss es darben, muss geduldiges Vertrauen zeigen, bis der Weltenherrscher ihm das Manna und des Wassers Köstlichkeit beschert. Wo ist dein gelobtes Land, will Ich dich fragen? Begreifst du, dass es dir wie Israel ergeht auf deinen vielverschlungnen Wegen, bis der Odem der Begeisterung am Sein und Leben im gelobten Land zu deiner Seele niederströmt?

4.4
Von Glück zu reden ist bei peinlichen Begebenheiten eine flügelleichte, wohlbekömmliche Parole, die man noch so gerne dem versehrten Unversehrten zuspricht als eine linde Freundesgabe. Ist er aber stark und schon mal unheilbar lädiert, so lässt man solche Sprüche besser bleiben. Bei Mir

hingegen geht es immer um die geistige Struktur und da mag, äusserlich gesehn, auch noch so Peinliches passieren, immer ist es eines weisen Gottes Wink und Wendung hin zu besserem Verhalten. Dies zu bedenken, tut gar manchem Not in seinem sogenannten Unglück, denn im Grund genommen ist es immer eine Gnade Gottes und ein Stelldichein, dem wahren Glück entgegen.

Klappere dein Leben ab nach unliebsamen Vorkommnissen und du wirst entdecken, dass sie dir in praktisch allen Fällen doch zum Wohl gereichten. Dabei ist es angesagt, dass du dich allem, was dir so geschieht, gewinnend widmest und das Beste daraus machst in deinem Dich-Verwundern.

Ist das alles schon recht viel an Einsicht und gehörigem Verlangen, so soll es weiter zum Gewahren und Bewahren Meiner Allpräsenz und Tüchtigkeit, Behutsamkeit und Weisheit führen. „Ich bin von Ihm beschattet und belebt, bemuttert und beglückt", darfst du dir ständig sagen. Nichts hebt dich intensiver und konkreter Mir entgegen als die Überzeugung, dass Ich in dir Bin und dass dir von Mir ständig Heil und Heiligung geschieht im Mass des freien Akzeptierens, das du Mir gewährst. So kommt es, dass das Niederste, sowie das Allerhöchste stets zusammenwachsen im Bestreben, sich allgemach auf Du und Du die Hand zu reichen und dabei vollendete Gottseligkeit zu pflegen.

Das nenn' Ich das Erreichen wahrer Würde im Gottesmenschentum, das dir und allen ist beschieden, früher oder später, mit und ohne Beifall, in den Sphären der verklärten und sich selbst bewusst gewordenen, geheilten, seligen und gottgesegneten Genies.

4.5

Ganz Gotteswille und Verklärung Bin Ich, wenn die Stunde schlägt der Seinserhobenheit und Seelenstärke im Vollbewusstsein dessen, was Ich Bin, auf Meinem Berge Tabor im verehrenswerten Zustand der Verklärung. Ich mache Mir nichts vor, wenn Ich in Mir des wahren Seins Erhabenheit und Güte, Grundsatz und Salut verspüre. Das macht, dass Ich im Glück der Stunde Himmelswölkchen zähle im Azur und Mich dem reinen Gotteslicht vergebe, das in alle Ritzen Meiner Seele dringt und sie zutiefst erheitert und belebt.

Auf diese Weise mutet Mich das Dasein wie ein Märchen an, mit allen glückverheissenden Schikanen und mit der Zuversicht auf mehr und mehr. Ewig aufgestellt, mit dem Unendlichen verwoben, Bin Ich Mir das Ideal und die erklärte Wohlfahrt aller Zeiten, die da sind und sind von Mir galant und lebensfroh ans Netz gegeben. Keine Bürde ist so gross, als dass sie nicht im Sinn des Ganzen auszutragen wert und würdig ist von dir und Mir. Kein Aug' hat es gesehen, kein Ohr gehört, was denen blüht, die Gottes Wege lieben und in seiner Obhut lässig fürbass gehn. Dem, der so überlegt, ist unbedingte Überlegenheit zu attestieren, wer sich in die Gottestiefen driften und versinken sieht, darf sich Befreiter und Begünstigter, Gottseliger und Vielgeliebter nennen.

Das alles hört sich an wie eine Sternensinfonie, von Mir gespiesen und geprägt und ins Unendliche erhoben. Fährst du mit, kann Ich dir mustergültige Prozesse, Zwischenresultate und Synthesen garantieren in der Alchemie der göttlichen Vernunft und des bewundernswerten göttlichen Gehabens. Du bist in Minne Mein - und Ich Bin dein geworden, über deinen ganz persönlichen, tiefsinnigen und formgerechten Leist geschlagen, der der Meine ist, verbürgt seit aller Zeit und in die lichte, geisterfüllte Ewigkeit getragen.

4.6
Des Himmels gütevoller Strahl senkt sich zum Lauschenden hernieder und beehrt ihn mit der Botschaft der Glückseligkeit aus wunderbaren Höh'n. Mählich legen sich der Seelenstürme Wogen und sie sieht sich wundervoll und weise in der eignen Glätte ruhn. Alles atmet Sommermittags-Harmonie und Frieden. Was Ich Bin, ist aufgelöst in den verspielten Zauber des holdseligen Geniessens Meiner Gegenwart an sich, im Zeichen der Natürlichkeit und Seelenaugenfrische, lieblich und beglückend anzuschaun.

Ein Fest der Stille und des überirdischen Gestilltseins ist bereitet dem, der sich im Makellosen, wie in lichten Träumen, wiegt, derweil er seinen Sinnkreis weitet ins Unendliche der Himmelssphären. Ruh' ist hier wahrhaftig Ruh' und Ruh'n ist wunderbar gelöstes Dasein in der Mitte Meiner selbst, von Zeitenlosigkeit wie von der Grazie Elysiens dahingetragen. Im Unendlichen ist alles lichte Wärme, Herzensgüte und besänftigende Wohlbekömmlichkeit am Wirken hoher Geister, die sich im Odem der Allherrlichkeit behutsam und begeistert wiegen. Du tust es ihnen gleich, sowie du die Glückseligkeit verspürst, die ihnen eigen und siehst dich eingefügt in ihres Reigens Wohllaut, Friedefertigkeit und Harmonie.

Das ist das Manifest der göttlichen Vernunft, die über allem thront, was ist und was sich tummelt in der Welten Grazie und Bodenständigkeit, von fernster Ferne angesehn. Es liegt ein Schimmer von Versöhnlichkeit, Barmherzigkeit und Liebe über ihnen, ausgesandt von Mir und wunderbarerweise in der Schwebe göttlicher Manier und Allgerechtigkeit gehalten.

Ich sinne und versinne Mir den ewigen Freudentag, in dessen Wohlgestimmtheit, Innigkeit und Zartheit Ich Mich feierlich und froh befinde. Hehre Güte und Gelassenheit sind die beständigen Begleiter Meines Soseins in der Sphärenharmonie von Himmels Gnaden, deren Klang und Herzlichkeit sich über alles breitet, was das Unendliche erfüllt, belebt und ins beglückende Befrieden taucht. Das ist von Mir gegeben und behütet, eingemittet und erhöht zum Absoluten, das Ich Bin und ewig bleibe in des Seins Erhabenheit, Gewiegtheit, Weisheit und Bewusstheit, in der Liebe liebevollem Sanktuarium.

4.7
Das Offensichtliche ist längst noch nicht für alle so, denn was für wenige die allerreinste Wahrheit und Errungenschaft bedeutet, sagt den Vielen, wissenschaftlich Avancierten, gar nicht viel. Sie füttern ihr Bewusstsein mit dem, was sich begründbar und begrünt vor ihren Sinnen räkelt und lassen das Unendliche, mit Schöpferkraft beseelte, niemals als bewiesen gelten. Zwar wissen sie, dass es manierlich ist, an einen Gott zu glauben, doch hinter diesem blossen Wort enthüllt sich ihnen eine grandiose Leere, eine See von Zweifeln, die ihrem schütteren Verstand unüberbrückbar scheint.

An dieser Problematik haben sich nur allzu viele schon die Zähne ausgebissen, und nur tröpfchenweise mehrt sich die erlauchte Schar, die in der Herzensstille Meine Gegenwart erfährt und diesem Sinngehalt entsprechend aufblüht, einer neuen geisterfüllten Wirklichkeit entgegen. Was ist weise, wenn nicht, diesen gütestrahlenden Befund zu pflegen; was kann man zukunftsträchtiger und menschenfreundlicher, erhabener und lichter nennen, als Mein Seinskonzept von der Erschaffung aller Welten, Wesen, Wirkungen und Tatbeständen, die da sind und ihre Kraft und Wertbeständigkeit schlussendlich aus sich selbst beweisen?

Was ist Logik, wenn nicht diese, dass das Göttliche das Füllhorn an sich, wie das Medium bedeutet, dem die Dinge dieser Welt voll Anmut, Genialität, Bewusstheit und Verbindlichkeit entgleiten. Das zeugt Vertrauen, Dankbarkeit und Resonanz von ewigem Bedeuten, dem sich nichts Widerrechtliches entgegenstellen kann. So Bin Ich Mir in dir der Zeuge einer abergrossen Wohlfahrt, Güte und verehrenswürdigen Gewandtheit in Bezug auf das Erfinden auserlesener Kommoditäten, die dem Leben Glanz und Sicherheit, Begeisterung und Glorie verleihen. Das alles resultiert aus Meiner Leistung und Gewähr, aus Meinem Sachverstand und Meiner liebevolle Anteilnahme am Geschick der Vielen.

Nur die Blindheit und der Eigennutz, die Unnatürlichkeit und das Versagen können etwas von dem Grosskonzept der göttlichen Vernunft verderben; zerstören aber können sie es niemals, weil hier überwältigend Universales einem Unmut gegenübertritt, der keine Chance hat, in grossem Stil zu reüssieren.

Folgst du Meinen Argumenten, kannst du auch auf Meine Hilfe zählen, wie auf das intime Bündnis, das Ich mit deinem Sein geschlossen und begossen habe. Überragendes geschieht dir im Erstrahlen der Erkenntnis, dass du Meines Wesens Partner bist in einer gottgesegneten Gemeinschaft von unendlicher Gewähr. Das ist dann die Erlösung von dem Sehnen nach Gerechtigkeit und Würde, Lichtheit und Gottseligkeit in einer Schau von allerfüllender Versiertheit und Dimension.

„Ave" heisst das Wort für Aufbruch und „Amen" für Erfüllung, die Ich dir in Grossmut und Gefälligkeit verleihe, jetzt und immerdar.

4.8
Welt und Überwelt, ein wunderbar gesegnetes und liebevolles Paar in Meinen Augen, wie in der Gesellschaft der Verklärten, die sich immerzu an ihrem Sein und Seligsein ergötzen. Voll stimmig ist, was sie sich ins Gemüt geschrieben haben, sowie zutiefst bedeutsam, was sie sich geworden sind im Hochlauf der Äonen.

Es ist ein Segen ohnegleichen für die Erwählten einer auserlesnen Schar, dass sie kein Härchen mehr in der von Mir gereichten Lebenssuppe finden. Sie haben weiter nichts zu tun, als sich an Mein verehrenswertes Regelwerk zu halten, das Ich in ihr Seinsgewissen wie mit goldnen Lettern eingeschrieben habe. Es ist zu aller Heil und Gunsten auf- und eingeführt von Mir im Menschenschlage, um ihn zu veredeln und in wachen Dauerschritten zu Mir hinzuführen.

Ich seh' die Zeiten kommen, ja sie sind im ewigen Jetzt schon da, wo sich die Säle füllen werden ob der weisen Lehren und Erläuterungen, die Ich dort durch Meine Diener, Wegbereiter, Schützlinge und Diplomaten frei heraus verkünden lasse. Meine Mittel sind unendlich gross, um schliesslich das vollkommen angemessen zu erreichen, was Ich will und was im Grund genommen alle wollen: dass sie sind ein einig Volk von traulichen Geschwistern, die in Mir allein ihr Angebinde, ihren Ursprung, ihren Weg und ihr Vollenden finden.

Ich lasse alles auf Mich schieben, was Ich je für dich erdacht und ausgesprochen habe, denn es ist an ihm nicht das geringste Fehl zu finden, vielmehr fördert es auf unerreichte Weise, was du Bist im Prunkgewand der hellen Nächte, wie am lichtvoll dargestellten Freudentag.

Meiner brauchst du dich niemals zu schämen, denn Mein Renommee, das hemmungslos von Stern zu Sternen reicht, muss auch für dich ein Muster an Gefälligkeit und Himmelsgrazie werden, das da aufwallt, leuchtet und in sich entschwebt zur unvergänglichen Bewusstheit seiner selbst in Liebe, Zartheit, Wonne des Gerechtseins und unnennbar delikatem Frieden.

4.9
Gelind gesagt: Ein Wucher in den Born der Wahrheit ist Mein Aufritt auf dem vielbegehrten und gepries'nen Erdenplan. Die Schätze, die Ich hier erwähne, sind nicht in Dukaten auszuzahlen, sondern in Wahrhaftigkeit des Himmels über dir wie in den Schlünden, Gründen und geheimsten Seelenwogenei'n.

Versprichst du Mir, den Sinn sowie das Unverstandene in deinem Schicksal schweigend hinzunehmen, förderst du die Seinserkenntnis, die dir laufend wird in deinem kunstvoll eingerichteten und vor die Welt getragnen Leben.

Nur ungern bist du gross, doch musst du's eben sein, damit der Adel sich erfülle, den Ich in dein Herz und deinen Sinn gelegt. Manch einer wird dich um den Siegespreis, den Ich dir wohlgemut dafür aufs Haupt gelegt, beneiden, doch du schreitest unbeirrt mit dem Vortrefflichen voran, das Ich dir auf die lange Wanderschaft durch Zeit und Raum vertraulich mitgegeben.

Erwähnst du Mich in deinen Meisterrunden, steht dir das wohl an, denn ohne Meinen Einfluss und Mein Wertgefühl wird hier nichts wahrhaft Würdiges getan. Mein Geisteswort geht allem, was da ist und wird, mit unwahrscheinlicher Holdseligkeit und Grazie voran und ebnet ihm den Pfad fürs grenzenlose Reüssieren. Du hast, wenn Ich's Mir überlege, dann am besten wohlgetan, wenn du genau nach Meinem gütestrahlenden Impuls agiertest und kein Jota offen liessest, das von Mir zu dir Erwägung und Erwähnung fand im Meisterdialog, den wir seit eh und je betrieben.

Es ist nicht mehr als recht und heilsam, wenn du Mir von ganzem Herzen dankbar bist für jede noch so kleine Geste der Barmherzigkeit, die Ich an dir vollzieh'. Denn kein einzig Ding von solcher Qualität und Umsicht kann von andrer Seite zu dir kommen. Ich Bin der Doyen und du der Bettler auf dem all so weise angelegten Erdenplan. Nur was Ich in diesen importiere, kann darin von wahrem Nutzen sein, wie von der Heilkraft, deren er aufs Dringendste bedarf aus Gründen eben nicht von Mir.

Mit leiser Wehmut muss Ich Mich von allem distanzieren, was nicht Meinem Standard wie der köstlichen Regie entspricht, die Ich in all Mein Trachten und Betrachten lege. Ist dir das ein strahlender Begriff geworden, wirst du dich um vieles kräftiger bemüh'n, das um Erfüllung bittet in der Lebenszeiten Wucht und Wehmut, Glorie und Tragödie.

Schichte nun, was du von Mir so väterlich erfahren, in die Schalen und Regale deines Wohlverstands, damit es dir beständig zur Verfügung steht in deinem Mangel an Gewissenhaftigkeit und Solidarität mit Meinem wohlbegründeten Agieren. Mach es wahr, dass sich die Einheit zwischen dir und Meinem Duktus offenbart und alle Blicke an der

Schönheit und Verwegenheit, Holdseligkeit und Minne, die daraus ersteht, begeistert hangen. Dann ist frei, was vordem arg gebunden war und voll getröstet, was in blasser Trauer ging. Das Elysische bricht durch in deinem harrenden Gemüte und die hellen, treuen Mächte schreiten zum Vollzug der glänzenden Intentionen und Vermächtnisse, die ihnen eigen. Du bist behutsam und gekonnt in sie gelegt und darfst dich rühmen, deinen Teil zum grossen Werk geleistet und gehegt zu haben. Segen sprech' Ich über dich und deine Taten und gewähre dir den seligen Aufenthalt in Meiner Hemisphäre reinen Glücks und reinen Seins im allweiten Wunderbaren.

4.10
Was vergeht und was sich fortträgt, will Ich hier mit Eleganz und Eifer detailliert beschreiben. Es könnte dir sehr nützlich sein, in deinem listenreichen Leben dies Allergrösste tüchtig zu durchschauen, damit du dich allmählich auf die Seite jener stellen kannst, die im Unsterblichen ihr wahres Heil und ihren Hochgeschmack gefunden haben.
 Nur allzu viele glauben an das Göttliche an sich und leben doch in Illusionen von dem Geistigen, das sie nimmer wirklich sehn.
 „Viele sind berufen, doch die wenigsten erwählt," heisst es in den heiligen Schriften. Gilt das auch für dich, muss Ich dich füglich fragen? Oder zählst du schon du denen, die in sich mit allen Konsequenzen und Berichtigungen Meines Wesens Glorie und Gotteslicht, Bedeutung und Faktotum konstatieren? Komm und komm in Schlichtheit Meinem Angesicht entgegen, das da ist und alles wirklich macht und wesenhaft und wunderschön. Öffne dich, um von Mir Zeichen reiner Göttergunst und Liebe zu

empfangen, Trost und eine Fülle von Gestaltungen, allesamt von Mir bestimmt und angeraten, tausendfach erprobt und für die Geistwelt tauglich wunderbar.

Bewahre und bewache, was du von Mir weisst, als richtig und erlaucht, bewundernswert und hoch erhaben, seriös und glaubhaft, heutig und für alle Zukunft loyal.

4.11
Nicht nur du gewinnst, wenn Ich dich leisen Raunens mitten in der Sinnennacht aufs Herzlichste bei Mir begrüsse. Es gewinnt die Welt der Seinsverklärten, die, von Mir begeistert und belebt, ein Dasein von begeisterter Genügsamkeit sein eigen nennt in Mir.

Stets Gemeinschaft bildend und befördernd ist, was Ich im Grossgefüge aller Zeiten für die nach Wahrheit strebenden Gemüter unternehme. Sie alle sind dazu berufen, Meiner Geistesart gemäss zu handeln und zu sein und sich dabei in ihrer absoluten Mitte zu erleben. Und wie weit bist du gekommen, will Ich fragen? Es geschehe, dass dein Sinn vornehmlich in der wohlgefälligen Wirkkraft Meines Sinnens operiere, damit Einheitliches und wunderbar Gediegenes entstehe. Des Meinens Goldquell soll zu einem Guss zusammenfliessen, der sich dann als Götterwerk entpuppt und sich vollumfänglich als das Ideal der Schönheit offenbart. Nach Deinem Willen sei's, sollst du dir unablässig repetieren. Dann stimmt, was stimmen muss im Allgemeinen und besonders auch in dir, der Ich dich Bin und dich mit jeder Garantie zu Meinem Himmel führe. Vice versa trägt dein Kommen zur Belebung und Veredelung der Sphären bei, in die du liebvoll eingetreten. Alles

Göttliche vergibt sich selber nichts und der Umgebung viel. Es gestaltet Welten, ist sie und beseligt ihres Wesens Auserlesenheit, Bewusstheit, Wohlgefälligkeit und seelenvolle Harmonie.

4.12
Jonas war mit Haut und Haar im Bauch des Fisches eingesperrt, bevor ihn dieser wieder ausspie, einer freundlicheren Schicksalszeit entgegen. Die Schriftgelehrten wussten, dass mit dieser mächtigen Allegorie der Mensch gemeint ist, der in seinem Lebensraum beständig wie im Finsteren umherirrt, ohne einen Ausweg aus der so fatalen Situation zu finden.

Die Heutigen sind, ohne es zu wissen, in derselben Lage, denn dass sie früher oder später sterben müssen, zeigt sich ihnen als ihr bitteres Los, dem sie in keinem Falle zu entrinnen fähig sind.

Ich aber sage euch: Des Menschen wahres Wesen ist das strahlende Bewusstsein von sich selbst, das mit dem Tode von dem Körper ausgestossen wird, akkurat ins Licht des neuen Lebensraums, der ihm für eine lange Zeit der Läuterung von Mir beschieden.

Die verständigen Gemüter wissen das genau und wer da weise werden will, beginnt im absoluten Stillesein den Dialog mit Mir, dem Ewigen, geflissentlich zu pflegen.

Das bringt dann ins Bewusstsein das Erwachen der unsterblichen Seele im Geistesraum, in dem sie ihren wunderbaren Aufenthalt gefunden.

Wissend und getrost in eine unbegrenzte Zukunft der Erbauung und Beschauung schreiten ist so süss und erfüllt die Seele mit der Zuversicht der göttlichen Vernunft wie dem Gestaltungswillen, der sie immer weiter treibt zu wunderbar bekömmlichen und fabelhaften Höhen.

Und das Fazit der Geschichte ist: O Mensch, besinne dich auf was du wirklich Bist und bleibe ruhig, sachlich und entschieden deiner grandiosen Grösse treu in Gleichmut, Harmonie und wonnevollem Frieden.

4.13
Das Wort, das Wort, Mein Wort ist über deines so erhaben, dass es surren muss in deinen Ohren, wenn du nur die Gnade hast ein wenig zuzuhören, sowie Ich leise, leise zu dir rede. Du aber fuchtelst dich beständig mit dem, was du dir eben denkst, wortschwallselig in die Runde der versammelten Gemüter, um im Grunde nichts zu sagen. Nichts, weil du Vergangenes heranziehst, das sich längst erledigt hat, um geflissentlich Gedankenlosigkeit zu pflegen. Was aber nottut ist der vorwärtsstürmende Elan, wie die vortrefflichen Ideen, die das Menschentum befruchten und entzücken im gottseligen Äon.

Das ist dann Meine Art gediegne Meisterdinge in dir zu vollbringen und der Schrift gemäss als Weltenherrscher aufzutreten. Gleichst du dich in diesem Sinn Mir an, so siehst du dich wie neu geboren in die Welt der grossen Geister und gesegneten Eroberer wie nie zuvor.

4.14
Galaxien, Geistheroen, Bewahrer höchster Seinskultur. Du befindest dich im Universengarten, wo du Bist und bildest dir die Mitte wie den Umkreis deiner Welt im seinsnatürlichen Gepränge, wie im universenweiten Umfeld geistiger Natur.

Mir unabhängig sollst du werden und dabei in Meinem Strahlenlichte steh'n. Was sagst du dann: Ein Wunder ist geschehen. Ich weiss was ist und höre mit dem Herzen, ohne Wissenschaft und Zählung zu betreiben. So kommt es, dass Ich ganz Mich selber Bin in voller Unabhängigkeit von allen wägenden Instanzen und demnach ein versierter Gott in seinem Reich und seinen wohlbedachten Äusserungen.

Ich Bin Mir der Ich Bin, darf demnach jeder Selbsterkennende getrost und heiter zu sich sagen. Mein Augenmerk gilt dem Gesamten, das da ist in Mir und Meiner strahlenden Bewusstseinsklare. Kenner wissen, dass damit das Götterlichte reinen, feinen Ausdruck findet und der Sinn im Sein sich seelenvoll und würdig präsentiert.

Frei von jeglichem Bedenken tritt das Wahre, Silberhelle keck und kühn hervor und bringt sein Wesensein auf den berühmten Punkt, der heisst: Die Fülle aller Schöpferkraft und Seelenstärke liegt in Mir und braucht nur anerkannt und ausgespielt zu werden, um den Fortschritt zu bewirken in der Menschheit ewig angelegtem Flor.

Was Ich will, geschieht für alle, die dem Vater allen Seins aufs Wort vertrauen, denn in ihm ist wahre Tugend und Gerechtigkeit das Mass der Dinge, die ihm eigen. Einigkeit macht stark und hier ist es getan in wunderbarem Einklang mit der göttlichen Natur, die allem innewohnt im Weltenleben.

Manifest der Liebe Bin Ich, Wohlklang eines Herzens, das mit allem innig fühlt in wunderbar geselligen und meisterlichen Zügen.

Was bringt das Morgen, heut ist es getan; was flutet in das Künftige hinüber: alles, was im Augenblick geschieht und was der Gotteswürde angemessen ist, die Ich in jede Meiner Gesten lege. Sinnbild reiner Güte Bin Ich, ausgebreitet in der

Welten Freudensaal, wo Ich Mich in des Seins erhabenem Gefieder wieder finde, denn in ihm allein Bin Ich in Meinem Elemente und erlebe Mich in Meines Ursprungs königlichem Schoss, wo Freude, Frieden, Zartheit, Licht und Schönheit herrschen in vollendetem Genügen.

4.15
Gegenwart Gottes, heiliger Grund, Himmelsmelodei, dir die Zeit zu versüssen. Sprich das Leitbild: „Ich Bin" vor dich hin und gewähre Mir damit die Chance, dich zu sein in süsser Redlichkeit und seelenvollem Seinsverlangen. Das führt dich zu der Wirklichkeit, die alles überstrahlt, was du bisher gewesen. Es befreit dich von den Ängsten um dein Heil und veredelt dein Bewusstsein hin zur wunderbar bekömmlichen Synthese mit dem göttlichen Geblüt.

Was immer dein Besitz schien, wird dir so genommen, geistesabenteuerlich, und dafür wird das Meine dir freimütig und fragil dahingegeben. Das Geistige ist unermesslich scheu und wenn du polterst, kann es nimmer bei dir bleiben. Deiner Stärke Sinnbild ist somit des Schweigens Allegrie in der Gestilltheit aller deiner Wünsche wie in der Seligkeit, die du darob erfährst. Nie hat ein Lied so schön geklungen wie das Meine in der seelenvollen Tiefe, wo du Mich gewahrst und dir damit den Eintritt in des Seins behütendes Gewölbe sicherst, hell und heil und wunderbar.

4.16
Menschenhektik, Götterruhe in der Seinsarena, die Ich Mir zum Aufenthalt erwählt. Die Bedingungen des Friedens sind: Natürlichkeit des Herzens,

Seinsvernunft, Erhabenheit und tief gefasstes Schweigen, wo immer Ich Mich finde in den Götterreichen, die Ich Mir zum Aufenthalt erwählt. Ganz gewiss ist, was Ich hier empfinde, von unendlicher Gediegenheit und Sanftmut, Zärtlichkeit des Himmels, Wachheit und Verschwiegenheit getragen. Was Ich äussere, sind silberhelle Schöpferkraft-Gedanken, denen alles Motivierende, Plausible, Seinsbezügliche und Liebenswerte innewohnt, das ist und seinen sagenhaften Duft verbreitet im gesegneten Allhier. Ich rechne nicht, wo Myriaden andere ihr Recht behaupten. Mein Ziel ist es, mit allem, was da ist, Gemeinschaft und Glückseligkeit zu pflegen in Sphären der Begeisterung am Sein wie an der blütenreinen Unbeschwertheit, die sich wunderbarerweis' in Mir verbreitet, ohne nach dem Wie zu fragen. Ausbund wesenhafter Güte Bin Ich, wenn es darum geht, ein Zeichen der Vernunft, Verträglichkeit, Gutmütigkeit und Offenheit zu setzen, um dem Menschenvolk dasselbe beizubringen in holdseligmachender Manier. Wie kann so etwas Sinniges und Mustergültiges, Befreiendes und Inniges Geschehn? Allein durch Meinen Einfluss in die Seelen der Gerechten, die in engelhafter Unschuld und Gewissenhaftigkeit, Entschiedenheit und Lichterleichte vor Mir stehn. Willst du einer oder eine von den Auserwählten sein, in denen immerzu das Feuer der bewussten Anerkennung ihrer Gottheit lodert und der Seinsgedanke seine glühend heissen Kreise zieht. Es sind die Sonnen, die sie durch die Universenweiten tragen, um das Lebensvolle zu bewirken, das da ist und lichte Seligkeit gebiert.

Selbander mit dir und den deinen will Ich in der kosmischen Gebärde Feste der Beglückung feiern und des allgemeinen Wohls, das ohne jeden Vorbehalt in den erlauchten Sternen steht geschrieben. Mondial und weltenfroh verrichte du, was dir und allen frommt in ihren Zügen und gleiche dein Bewusstsein wunderbarerweis' dem Meinen an bis zur Unkenntlichkeit der Unterschiede. Das ist dann die Krönung aller Meiner trefflichen Ideen von der Unversehrtheit des Ich Bin in allen Seinsbelangen wie in der Gottseligkeit, die Ich vertrete und verströme, ewig pflege und behüte und in dir bewusst erhebe, dem unendlich Wunderbaren zu.

4.17
Beim Zeus, welch ein Morgen! Bei Jupiter, welche Seelenharmonie! Ein Lächeln darf Ich unbeschwerterweis' ins neue Dezenium tragen. Was sagt Mir das Ich Bin? Du Bist dich selber, mitten in der Lebens-Liebens-Sinfonie, von deren Klängen Ich aufs Innigste berauscht, beseligt und beglückt bin, über alle Zweifel hoch erhaben.
 Was Mich durch beschwingte Zeiten und Begebenheiten führt, ist die Standarte Meines eignen Hauses, von dem es heisst, es sei an Weisheit, Wissenschaft, Beseeltheit und Verständigkeit nicht mehr zu überbieten. Stosst auf das Tor, ihr Diener und empfangt der Gäste Strom, von Mir zum heitersten der Feste eingeladen. Frohmut herrscht und paradiesisches Entzücken an der Lichtheit, Leichtigkeit und Unbeschwertheit des Geschehns. Gottseligkeit bricht aus im strahlenden Bewusstsein, das Ich Bin und strahlend auch vertrete. Grandiose Züge zählen im begeisterten Erinnern überwältigend zu Meinen Siegestaten. Wahre, selige Gestimmtheit trägt Mich unverzüglich himmelan und überlässt Mich paradiesischen Gedanken von des reinen Seins Erhabenheit und Mitgefühls am grandiosen Werk, das Ich seit Urzeit genialerweise inszeniere.

Es sind die Bälle der strategischen Gewissheit, die Ich wunderbar gezielt und kräftig an den Feldrand des Gelingens schlage. Turbulente Feuer sind es, die Ich vollbewusst entfache, um die Stimmung anzuheizen der Geselligkeit und Milde unter allen Geistern, welche Freundschaft, Liebe und Verbundenheit in ihrem Sinne tragen. Auferstehn zum göttlichen Befinden ist die grösste Tugend, die Ich feierlich verkünde und der illustren Runde gönnen mag, die Meine Mitte froh umfliesst und das Beglückende vollendet, das vom Anfang bis zum Ende alle sind, die sich in Mir und Meinem Universensein von gleich zu gleich in makelloser Eintracht und Glückseligkeit, subtiler Heiterkeit und Herzlichkeit gefunden haben.

4.18
Ich seh' den Christus thronen auf schwebeleicht gebildetem Altar und als der Christus lebe Ich in jedem, der Mir zugewendet war. Im Banne steht die Welt von Meinem Strahlen; in dem, was Ich Mir Bin, darf Ich Mich selbst verstehn, und eines Gottes sind, die sich in Mich verwandelt haben im agressiven Röhricht der Gezeiten. Es wenden sich die Scharen vereinter Völker liebevoll Mir zu und treten in des Himmelslichts Gewahren, beseelt von Meiner wohlgefälligen Ruh.

Wo sind die Stürme und dräuenden Gefahren? Entschwunden sind sie Meinem Sinn, und eines Gottes wunderbar gesättigtes Gebaren, stellt sich erbaulich vor Mich hin. Unnennbar süsser Lichtheit Wallen durchweht, was Ich Mir Bin und tut Mir den entzückenden Gefallen, von des Seligseins unendlichem Gewinn.

5

Bewahrer höchster Seinskultur

5.1
Zu deinem Marktwert ist ein neuer, höher stehender hinzugekommen, so wie du es immer wolltest, Mein berühmter Wirtschaftskapitän. Es schlagen sich dir Meldungen strategischer Erfolge haufenweise um die Ohren, dass du ihrer überdrüssig werden könntest, wenn sie nicht allzu lieblich klängen und dich zur Gier nach mehr und mehr verführten. Da muss nach ewigem Gesetz unweigerlich der Ausgleich kommen, der das auszuufern Drohende galant und würdig in gesittetere Bahnen lenkt, die von Weisheit, Übersichtlichkeit, Wahrhaftigkeit und Herzensgüte was erzählen können. Das sind dann jene Werte, die vom Herrn des Equilibriums und der Vertrautheit mit dem Allerhöchsten zeugen. Auserlesenheit ist ihre Zierde und Verwandtheit mit dem Ewigen ihr meisterliches Ziel.

5.2
Die Welt ist göttlich gross und setzt in dir ein Zeichen der Beständigkeit und eine Fackel wunderbarer Freiheit allen Lebensdingen gegenüber. Du brauchst dich nur davor zu hüten, auch nur den geringsten aller Werte, die dir anvertraut sind, zu missbrauchen und schon beschreitest du in unerhörter Folgerichtigkeit den Weg der Evolution, auf dem schlussendlich alle Wesen ihren Ausgang wie ihr strahlendes Vollenden finden sollten.
  Es ehrt dich, zu erkennen, dass du Bist und dass die Fülle Meiner Gnaden dich in allem Ernste und mit folgenschwerer Dominanz durchs Leben führen will, wenn du nur ihrer achtest und dein Hochgebet darauf bedacht ist, zu erbitten, dass sie nicht versiegen mögen. Ich Bin der Spender aller guten Gaben und du bist allzeit der Empfangende, von dem geschrieben steht: Seine Hände sind gesegnet

und sein Mund des Lobes voll ob Meiner Güte, wenn er nur erkennt, wie alles seine Ordnung in sich birgt und die Gesetze Gottes ewige Glückseligkeit und Wonne, Heiterkeit, Holdseligkeit und strahlende Unendlichkeit um sich verbreiten.

Wahrhaft überragend bist du nur, solang du dich in Meiner Hemisphäre und Entschiedenheit bewegst. Die Götterreiche sind in ihrem Glanze wie in ihrer meisterlichen Seinsgewandtheit nicht zu übertreffen. Geist vom Geiste sind sie und Lebendigkeit des Lebens in verspielter Anmut wie in einer Selbst-Verständlichkeit, die Ihresgleichen sucht. Es sind die Seinsverklärten, die die Welt im Gange wie im wunderbaren Equilibrium erhalten, das ihr wohl ansteht und in welcher sich der Adel göttlicher Genügsamkeit konstant verbreitet einer unermesslichen Glückseligkeit entgegen.

Aus dem Sein gebrochen, heisst noch lange nicht, dass es dich damit auch verliess. Du brauchst es nur in dir zu finden und schon glänzen deine Augen ob der Pracht der neuen Welt, die sie begeistert vor sich sehn. Die Welt der Myriaden Geister Gottes ist vom Ursprung aller Dinge wunderbarerweis' durchzogen und genährt und strahlt sich unvergänglich in die gläubigen Gemüter, die von Offenheit und Lebensliebe was verstehn. Des Herrn Gesalbte sind sie und zur Heiligkeit Entschiedene, in deren Wassern es sich lohnt, sich staunend und entzückt, taufrisch und heiter zu bewegen. Ich offenbare, was dir frommt, in deinen Erdentagen und gestatte dir, das Allerhöchste anzustreben, das Ich Bin und das du Bist im Mass der Einsicht in das Götterlichte, das dich dann von Mir beseelt.

Nun komm und zweifle nicht daran, dass die Güte Meiner Gaben alle deine Güter haushoch übersteigt und sie zur Farce degradiert dem Reinen, Hocherhabnen gegenüber, das Mein Sein repräsentiert und das für alle Wesen die Erlösung von dem Bann der weltlichen Allüre und Bevormundung bedeutet. Sie achten Meine Vaterschaft in dir und unterziehen dich getrost der Reinigung, Belehrung und Belebung, die von Mir ausgeht und in alle Lande langt und strömt, um sie mit Freimut, Tüchtigkeit und Grazie des Himmels zu befruchten. Mein ist die Fülle und dein sind die Güter geistiger Potenz und Lieblichkeit, Bewusst-heit, Wohlerwogenheit und Güte, die daraus erspringen.

So wird das Endliche zum Absoluten hingezogen und so ersteht das Überwältigende auch in dir, an dem du deine Freude, dein Ergeben, dein holdseliges Gespür wie deinen Herzensfrieden findest.

5.3
Die wohlgelungenste Synthese zwischen allen Dingen im Allhier ist Meines Seins urwüchsiges und abergeniales Wesen. Es ist schon immer das gewesen, das in jedem Schöpfungswerk das Heil bewirkt und Heiligkeit und Licht und wunderbaren Segen.

Kannst du nur für einmal deinen Zappelgeistern Ruhe und Gelassenheit, Würde und Barmherzigkeit am Sein befehlen, gehst du als Sieger über dich und deine Neigungen hervor im unergründlichen Getriebe. Das pflanzt sich in der Regel fort zu einem Schauspiel der Beständigkeit im Guten, das du dir Bist und das Ich Bin in wunderbarer Eintracht mit den göttlichen Belangen.

Weiche nicht und Ich will nimmer von dir weichen. Ermanne dich zu sein und Meine Stärke ist dein überragend Los in wunderbar gesegneten und glückerfüllten Tagen.

5.4

Das Sein als Überwinder der Gegebenheiten, Meine Stärke, die im Altruismus und im Wunder reiner Zärtlichkeit besteht Mir selber gegenüber, der Ich Bin in jeder noch so ärmlichen und blossen Kreatur.

Ich habe dir recht viel zu sagen, wenn du nur geruhst, Mir tüchtig zuzuhören und den Inhalt Meiner Rede liebevoll im Herzen zu bewegen, um darin Verständnis zu bewirken von den höchsten Dingen, die das Dasein prägen.

Meine Schule ist seit jeher jenen vorbehalten, die in allem Ernste wissen wollen, wer sie sind und wessen Auftrag sie im Leben zu erfüllen haben. Da geht es darum, in geduldigem, kraftvollem Meditieren über den Verstand hinwegzukommen. Das führt zu dem, was Ich Bewusst-Sein nenne und was so erhaben und harmonisch, friedevoll und lauter ist, als sei dein Wesen frohgemut in eine neue Welt getreten. Dort Bin Ich deine heiligmachende Gewähr für strahlende Erfolge auf dem Weg durch Meine silberhellen Güter. Gerade du bist davor nicht bewahrt, in Meinem Sinne aufzubrechen, um des einen grandiosen Zieles willen, das da heisst: Erreiche das Unendliche, das du dir Bist, in deinen eignen Gründen und gewinne so Glückseligkeit im Sein, das sich durch alles zieht was ist und dem wir aller guten Dinge Wohlgefälligkeit und Götterstil verdanken.

5.5

Das ist genau die Weise, Mich in dir ins Sein zu führen, indem Ich deine Geisteskräfte wecke, so weit, bis sie Mich anerkennen als das allgegenwärtig Treibende im strahlenden Allhier. Mit dem Mich-Erkennen geht einher, dass du dich dem

Gedankengut, das Ich im Überschauen aller Dinge pflege, aufs Innigste vermählst und dich damit der Sicherheit des Ewigen versiehst in deinem Sein und Leben. Du weisst, dass Ich dich stütze und beschütze, wunderbare Brunnen graben lasse, deren Flüssiges dein Heil bewirkt bis ins Unendliche hinein, zu dem Ich dein Bewusstsein trage.

Auf einmal stimmt, was du dir Bist, mit allem, was da ist, aufs Schicklichste und Regulärste überein, sodass dir alles klar und selbstverständlich wird in deinem Dasein einerseits als menschliches und andrerseits als götterlichtes Wesen.

Ganz zart und innig wirke Ich in dir den Wandel zur Erhabenheit der Sphären, so dass dein Bewusstsein gottbegnadete, allweite Züge annimmt, die von keinem sind zu schlagen. Eine Woge der Begeisterung hebt dich mit majestätischer Gebärde himmelan und rettet dich ins Freisein von der Ungunst und von allen Erdennöten. Heimat ist gefunden, Herrlichkeit und Frieden der Gerechten in der Weltenharmonie.

5.6
Liebe, Harmonie und Frieden sind den traulichen Gemütern hier ein Labsal von erstaunenswerter Billigkeit und wunderbar geschmeidiger Synthese aller Gegensätzlichkeiten. Warm und innig sind die traulichen Begegnungen im Geistraum der Verklärten, die sich wacker und geschmeidig an die Regeln halten Meiner Provenienz und Weitsicht von des Gottes Gnaden. Der Schirmherr Bin Ich über alle, die sich zur Gemeinsamkeit im Dienen und Vernünftig-Sein entschlossen haben. Ihres Lebenslaufs ereignisvolles Resümee läuft wie am Schnürchen ab von einer Schwelle bis zur anderen im Wohllaut der geschichtlichen Manierlichkeit, die ihnen eigen.

Hast du einmal nur erfahren, wie bekömmlich sich der Aufenthalt in Meinen Geistgefilden anlässt, wirst du immer neu versuchen, ihnen dich zu nähern und von ihrem Charme zu kosten, wohlgemut und wunderbar.

"Nicht Mein, dein Wille soll geschehen", darfst du dir ständig ins empfängliche Gemüte sagen und darfst damit die Schleusen öffnen, die dich Meiner Fülle fähig machen und den Ruhm begründen, der auf deiner Generationenlinie liegt. "Ich Bin allezeit bei dir", erhält so die bedeutungsvolle Dimension der Unvergänglichkeit in deinen Runden wie in Meinen, die dir einverwoben sind, denn im Grund der Dinge haben wir uns weder Unterschiede noch Schikanen vorzuwerfen in der absoluten Einigkeit die wir seit eh und je begründet und gepflegt, erhalten und für gut befunden haben.

Rigoros und ins Unendliche gezogen ist der Anspruch, den Ich an dich stelle in Bezug auf Treue, Herzensgüte und Bescheidenheit Mir gegenüber, denn es besteht trotz aller Gleichheit und Gemeinsamkeit ein himmelweiter Unterschied in der Geschichte des Gebarens. Deine Züge sind noch bis ins allerletzte Detail liebevoll von Mir geprägt und was du darstellst, ist von Mir aufs Trefflichste behauen und beschienen. Ganz aus Mir herausgetreten, bist und bleibst du doch das Meine im Geheimnis allen Seins in allen Götterregionen. Würdig sei und hoch und tief zugleich in der ereignisvollen Weltapotheose, deren Heil und Heiligkeit in Mir beschlossen ist in allheiterer und aberselig-machender Manier.

5.7
"Hochgelobt sei der da kommt im Namen des Herrn", das heisst, gesandt von Mir, versehen mit

den Benedeiungen der Geistessphären. Gut gesagt, muss Ich Mich selber loben. Vortreffliches sollst du dabei verspüren, weil es Mein Wille ist, die Völker allesamt zu Mir emporzuführen.

Was heisst zu Mir? Ich nenne es: Erkenntnis deiner selbst als Wesen der Gottseligkeit und Geistesstärke, des Grundgehalts an Weisheit, Herzensgüte und Gewissen wie der Unerschöpflichkeit im wunderbaren Fantasieren. Ich bringe aus der Hellsicht der Gedanken das Natürliche hervor, an dem sich die Erhabensten der Geister selig weiden. Staunen über Staunen fällt Mich an, wenn Ich des Seins Gewandtheit, Urwüchsigkeit und Makellosigkeit bedenke, die Ich Bin und deren Zauber Mich entzückt und Mich veranlasst, liebenswert zu handeln und des Eigenseins Verehrungswürdigkeit voranzutreiben in den Werken, die Ich säe.

In Mir lebt ständig das Erwarten wunderbarer Früchte auf den Feldern Meiner Gunst und Kunst, das Beste aus dem Gegenwärtigen heranzuziehen. Ich füge all das väterlich zusammen, was getrennt ein dürftig Dasein fristen müsste. So aber ist das Einigsein die Quintessenz und die Erhabenheit des reichen Lebens, das Ich Mir selbst heraufbeschwor.

Ich singe mit, wo sich die Inbrunst des vielklingenden Gesangs erhebt. Ich spüre, wie die Freude wächst am Dasein und Verkehr in den verständigen Gemütern. Das gibt ein Fest des Prosperierens und der guten Hoffnung auf vollendete Genügsamkeit in Meinem Mich-Begründen wie in deinem. Denn die Einheit aller Dinge ist für Mich so klar gegeben, dass Ich sie vor Mir zum Greifen nahe seh'.

Was willst du mehr, als in die Unergründlichkeit des wahren, makellosen Seins zu tauchen, dem du alles schuldest, was du Bist und was dich mild und lind umfängt in unaussprechlich zärtlichem Gehaben. In ihm sprichst du dich selber an, weil es dich ist und weil die Summe deiner Liebestaten ihm zugute kommt im All der seinsbewussten Weiten. Bist du, kann dir nimmermehr ein Ungebührliches geschehn. Das Zeitliche verschwindet und dem Ewigen wird unermessner Raum gewährt in deinem Dich-Empfinden. Du badest dich im Schweigen der Unendlichkeiten und erglühst in Wonne über deines Daseins Wert und Würde, Seinswahrhaftigkeit und Unbeschwertheit, Heiterkeit und webende Gottseligkeit im Wunderbaren.

5.8
Was ist das Weh der Welt denn anderes als Abgeschiedenheit vom Guten, das Ich Bin und dessen Wert Ich vehement gewissenhaft und glaubensstark vertrete. Ich nenne Mich Apostel der Gerechtigkeit, wo immer Ich mit Meinem Auftritt eine Änderung des Sinnens wie der herrschenden Gepflogenheit bewirken kann. Da gibt es keine Ritze in den vor Mir versammelten Gemütern, in die Ich nicht zu dringen Mich getraute, um der Wahrheit Willen deren Charme und Süsse alle Welt entzücken und befrieden soll.

Kannst du Mir denn sagen, was du willst, wenn du so vor dich hin durch Jahre steten Älterwerdens schlenderst und dabei unabwendbar deines Daseins Ende kommen siehst? Wie oft schon hab Ich dir bedeutet: Ändre deinen Sinn und strebe voll Gewissenhaftigkeit und Seelenstärke Meinem Reiche zu, das sich in Geistesfülle und Erhabenheit durch alle Weltenweiten breitet, die da sind und die der Schar der Wesen guten Willens immer offen stehn.

Was zögerst du dich Mir ganz hinzugeben, wo dir doch im Grunde keine andre Wahl zutiefst bekömmlich werden kann; denn nur in Mir ist es gegeben, dass sich deine Sorgenfalten glätten und die Wehmut deines Herzens sich in freudiges Erwarten einer Zukunft wandelt, die von Liebe, Licht und Harmonie erfüllt ist in der Reinheit Meiner Gärten.

Widme dich der Weisheit, die vonnöten ist, um zeitig und bei guter Laune und Beweglichkeit zu Mir zu kommen, denn es könnte sein, dass du den Anschluss an Mich just verpassest und das wäre für dich recht fatal. Gerne will Ich alle Meine Brüder nennen, wenn sie nur die Einsicht pflegen wollen, dass sie in Mir und allen Seinsverwandte und Behütete, Geliebte und Verwöhnte sind von eminenten Gnaden. Sieh, der Himmel ist so nah und alle deine Pläne sind von ihm im Lot gehalten und gefördert wunderbar.

5.9
Alle deine Taten sind genehmigt und von Mir geführt, wenn diese nur der Menschlichkeit und ihrem Gottempfinden dienen. Alles ist in Mir beschlossen und bereinigt, ausgesprochen und schlussendlich zu Mir heim geführt, was dich betrifft und alle, die sich nach Glückseligkeit und Frieden sehnen.

Blicke auf und geh getrost und willig deinem Gotteslicht entgegen. Sei und suche freien Sinns, inständig und genügsam das, was droben ist und was dich aufhebt in die unendliche Glückseligkeit der Geistessphären.

5.10
Ich verhalte Mich wie einer, der geschaut hat, was er ist in seiner sprossenden Natur und seinem wesenhaften Sich-Begründen. Das macht, dass Mich unendliche Begeisterung durchfährt am Sein

und Meinen-Werten-wunderbare-Förderung-Verleihen. Aus Meiner Kraft und Fülle ist das Weltenall geboren, in Meinem Sinngehalt erhalt' Ich es als eine Blüte der Geschmeidigkeit im Denken wie der Wohlbekömmlichkeit im dampfenden Gefühl. Es ist Mein Wille, dass da sei, was ist, und dass Mein einig Ich in allem sich aufs Trefflichste und Wohlbegründetste manifestiere.

Wenn du Mich frägst, erkenne Ich sogleich die Antwort: Alles ist in Mir und ist in letzter Konsequenz Mein eigen, denn es gibt kein Zweites Adäquates neben Mir. Durch Meinen Sichtraum seh' Ich Galaxienhaufen sich verkreisen, dazu ausersehn, sich ihres Ursprungs inne und bewusst zu werden. Abergrösse ist Mein Wollens Wucht und Ziel. Kenn Ich Mich, so tritt Entzücken an dem Allerfiligransten ein, das sich nur denken lässt in Meinem wonnevollen Weltgefühl. Unendliche Verkleinerungen finden in Mir statt und zeugen doch in unnachahmlicher Grandezza von dem Unteilbaren, das Ich Bin und ewig in Mir bleibe.

Makelloser Friede herrscht in Meiner Lichtsubstanz ob der Erkenntnis Meiner Gottesqualitäten, die so rein und lauter, energiegeladen, liebevoll und heiter sind, dass Ich in allen Weiten Meines Seins nichts Besseres zu wünschen habe. Erfülltheit und Gediegenheit, Brillanz und sakrosankte Meisterschaft sind alleweil Mein Stil, wie Meines Mich-Verspielens Fortgang und unendlich seelenvolles Selbstgenügen.

5.11
Wie realistisch ist, was du vor deiner Nase rauchen, schmauchen, fallen, knallen, röhren und aufatmen siehst? Von Meiner Warte aus gesehn, sind Kraft, Genie, Empfindsamkeit, Gewissenhaftigkeit und

Universensein zutiefst real. Das Sinnenfällige, Geschaffene, Fragile und Vergängliche jedoch besitzt kein eigen Sein und kann in diesem Sinne nicht als wirklich unerschütterlich betrachtet werden.

Alles Gute kommt von oben, höre Ich den weisen Volksmund sagen. Das will heissen: Nimm von Mir und teile aus nach Kräften und Gelegenheiten, um ständig Gottes Güte auszustrahlen. Das ist es, was dir frommt in deinen Erdentagen und was dazu beiträgt, Meiner Fülle, Stosskraft und Versiertheit Sinn und Nutzen, Glorie und Weltenwürde zu verleihen.

5.12
Heimchen am Herd, hat es einmal geheissen, wenn einer sich mit dem Zuhause bestens verstand. Dasselbe will Ich gütlich auch von Mir behaupten, denn wo Ich immer Mich befinde, finde Ich Mich bei Mir ein und habe keinen andern Wunsch als den, für alle Zeit bei Mir zu bleiben.

Es ist ein seltsam Abenteuer, spontan und willensstark aus Mir in alle Welt hinauszugehn, um neue, silberglänzende Nuancen Meines Seins voll Eifer zu erkennen und um sie dann voll Sehnsucht heimzuholen in die Mitte Meiner selbst im Abergründlichen, das Ich Mir Bin in Gleichmut und Gelassenheit, Verschwiegenheit und Gottergeben.

In Meinem Seinsphilosophieren geht es immer um das Ganze Meiner Daseinswirtschaft ebenso wie um das einzelne Partikel, dessen Seinsvollendung und Gediegenheit Mich freut, indem Ich Mich mit ihm aufs Innigste vermähle.

Was liegt hier vor, wenn nicht die allergründlichste Synthese zwischen dem Erschaffenden und dem Geschaffenen in allen weltlichen wie himmlischen

Belangen, die Ich Bin und denen anzusehen ist, wie ausgezeichnet ihre Werte zueinander passen, derweil sie sich in freie, feine Lüfte schwingen im lichterstrahlenden Azur. Das ist so gut und ist die Güte selbst in allen Regionen Meiner seinsbehütenden Bravour wie Meiner fantasierenden Gebärde allbedeutenden und sinngeladnen Tuns.

Bist du im Hier genauso wie im Dort mit dem Bewusstsein der Allgöttlichkeit geladen, kannst du nimmer in die Irre des Vergessens deiner aberwürdigen Priorität geraten. Du nimmst dich unverzüglich und galant beim eignen Wickel, wenn du auszubrechen drohst aus deinen wohlgeordneten Maximen. Der Wille zur Geradheit und Erhabenheit, Entschiedenheit und Königswürde überwiegt und lässt dich mit der Liebenswürdigkeit des Herzens Freuden tanzen.

Was immer du dir Bist, es ist in Mir getan und was du förderst, fordert das heraus, was Ich schon längst für Mich errungen habe. Also kleide Ich dich seelenvoll und zärtlich in das Meine und vergebe dir das Ein und Alles, das Ich Bin in unerschütterlichem Bei-dir-Bleiben.

Wachsam sei und wirklichkeitsgetreu im ewigen Umrunden Meiner Seinsgegebenheiten, die Meine Stärke, Mein Rondell und Preziosum sind seit immer in der wohldotierten Wonne wie der Hochgestimmtheit, die Ich Mir voll Güte und Bewegtheit leiste in der glückerfüllten und vor dir verhüllten Geistnatur.

5.13
Kameraden, aufs Pferd, aufs Pferd, in die Welt, in die Weite gezogen! Was ist, wenn Götter solcher Lebenssätze sich versehn? Es geht ein Raunen durch die Reihen derer, die da nach Betätigung und

makellosem Auftritt scharren in ihrem von Mir zugeteilten Geistrevier. Was nicht ist kann werden, deut' Ich ihnen und führe sie mit diesem Vers dazu, sich aus der Fülle aller Möglichkeiten, ihrer Fantasie gemäss, ein Sujet auszuwählen zur Verwirklichung mit majestätischem Gehaben.

Ich Bin dabei ihr Mentor und bedeutender Gestalter neuer Wirklichkeiten durch das Wort, das Ich in ihr Bewusstsein flüstere, um ihnen so Initiant und Lehrer, Begeisterer und genuiner Kompagnon zu sein in ihrem Ringen um die klare und gewissenhafte Diktion. Wer ist der wahre Treiber, wenn nicht Ich, in den allweltlichen Belangen, wem kommt der Ruhm und die Rendite zu für jedes Unternehmen, wenn nicht Mir, dem ewigen Begründer neuer Iterationen.

Mein Gehaben atmet Weisheit von der Art des Allerhöchsten, das da ist und ewig weltenschaffend seine Wunderkreise zieht. Dabei bist du keineswegs der Pflicht enthoben, ebenso wie Ich Kreator, Würdenträger, Kapitän und Radikal der Evolution zu sein, die Ich seit Urgedenken ohne jeden Abbruch unverblümt betreibe. In Werkgemeinschaft sollst du mit Mir treten und von Geist zu Geist dich Mir vereinen in der Bruderschaft der Mächtigen und Gott-Erleuchteten im gütestrahlenden Allhier. Sinngemäss und lauter sollst du dich für das verwenden, was von hier oben frisch und froh in Meine Weltengärten fliesst, um sie mit Anmut und der Grazie des Himmels zu versehn. Was du auch immer unternimmst, nimm es von Mir und setze damit Keime der Allherrlichkeit und des holdseligen Lächelns in die Fruchtbarkeit und Zartheit Meiner geistbegabten Gründe.

5.14
Eine Weltenantwort auf die Frage nach dem Sein hast du dem Menschenvolk gegeben, hast in sein Bewusstsein eingeschrieben, dass es unsterblich ist durch deine Tat und durch die Auferstehung in die Glorie des Himmels, die nun allen offen steht. Sie zu erreichen, ist ihm schon seit Urzeit von Mir aufgegeben.

Was du Bist, erkennen, lehr' Ich dich in deinen turbulenten Erdentagen. Was du sein kannst, tritt entschieden und beseligend hervor, wenn du Mir treu bist über allen Herzenswogen.

5.15
Universensein als Ziel in Meinem Mich-Begründen, Sein an sich in den Urweiten Meiner Ruh. Was Ich bekömmlich nenne, hier ist es getan, was Selbstbewusstsein ist, kann hier nicht fehlen. Vom Gebundensein Bin Ich ins Freie ausgezogen, vom Natürlichen ins Wesenhafte reiner Gottessphären. Dem Erhabenen verwandt, Bin Ich Mir selbst bekannt als was es ist in unergründlicher Manier und sehe Meines Wesens Unberührtheit vor sich selber weilen.

Mein Gesandter ist unendlich liebevoll in Mich verschlungen. Meines Willens Wohllaut fügt sich seinem an und heisst ihn, sich in Meinem Sinne zu benehmen.

Was ist nun würdiger, in lichter Leichte zu erstrahlen als was Ich Bin vor Meinem Angesichte, wie vor dem der Universen, in deren Zauber Ich Mich freien Sinns vergab? Redseligkeit der Gottheit will Ich nennen, was sie für sich selbst bedeuten, Meinem Sein entschwunden und doch wunderbarerweis' bewahrt in ihm. Konsequent, tiefsinnig und ereignisvoll ist, was Ich Mir in jedem

Ausgesondert-Sein aufs Innigste bedeute. Ruhmeswürde steht Mir zu in allen Seinsbelangen und die Sagenhaftigkeit der Götterreiche strömt behutsam und voll Zärtlichkeit in sie.

Wer nach Schönheit trachtet, hier ist sie erschienen. Wer nach Freiheit langt, in diesen Weiten ist sie angesiedelt und dem Blicke aufgetan. Macht ist nichts vor dem Allmächtigen und die Mäander allen Wirkens liegen schnurgerad' gezogen alleweil vor Mir.

Wer nun glaubt, Mein Sosein inniglich erkannt zu haben, kennt es gerade nicht, weil es im Augenblick, wo es erschien, sogleich verstummte und ins Nichts zerfiel. Kraft von Kraft ist Meine Würde, Empfindsamkeit und Zartheit Mein Profil. Ich trete aus Mir selbst hervor und schon verschliesst sich hinter Mir das Tor zum Sein in Makellosigkeit und Fülle, Einigkeit und Wohlbekömmlichkeit in meisterlicher Ruh'.

5.16
Meinem delikaten Rechtsempfinden ist es zu verdanken, dass in Meinem Reich die Mühlen nimmer stille stehn. Denn gewoben und gebogen, ausgerechnet und bezahlt wird stets nach Treu und Glauben, wie nach der festen Überzeugung, dass alles stimmt, was Ich dir ausgerechnet habe. Hier können keine zwiegeteilten Meinungen voll Eifer aufeinander stossen, weil da nur die eine, Meine, ihren vollen Wert und ihre Gültigkeit entfaltet.

Hier ist der Tag des Herrn für ewig aufgegangen als lichtgebor'nes Abbild Seiner Majestät wie als Befreier aus jedwelchen Nöten. Ausgezeichnetes wird wahr und Auserlesenheit in allen göttlichen Belangen breitet sich vor deinem Seelenblicke aus, dich aufs Erbaulichste und Wohlgefälligste, Beglückendste und Allerliebste zu erfreuen.

5.17
Vorbei, vorbei an Meinem schauenden Gesichte. Das Geleier und Geläute der Äonen, reizende Gespinste, Tolpatsch-Variationen, Gladiatorenkämpfe, fromme Zelebrationen offenbaren, was sie sind und waren. Ich erfühle sie im grossen Ganzen wie im allerfeinsten Detail ihres Sich-Gebärdens in profunder Unrast wie in sagenhafter Ruh'. Ausgezeichnete Sequenzen sind entstanden aus der schöpferischen Vielfalt, die die Menschenvölker zeugten, Widersprüchlichkeiten in verheerender Postur wie das Natürliche in den geheimnisvollen Gärten des Entzückens und der Liebenswürdigkeit des Seins und Sich-Erlebens.
  Was die Traulichkeit für sich gewann, ist immer das Ergreifendste, das Ich in Meinen treu Verbüdeten geleistet habe. Das Ferment der Liebe duftet wunderbar bekömmlich und befriedigend aus jedem Herzgesang hervor, den Ich in aller Welt gesungen und voll Zärtlichkeit vermittelt habe. Die Lieben reichen sich die Hände und die Lippen und versinken in ein Kunstwerk der Holdseligkeit und Minne am allmenschlichen Gefühl, dem Ich Mein allerbestes Schöpfertum gewidmet habe. Freimut über allem, was sich da umfängt und friedevolles Rauschen der Gemüter in der Morgenröte einer Geisteslichtparade, die gewinnt, was sie gesät und die verströmt, was Ich in ihr geboren und zum himmelhohen Sein erkoren habe.

6

Ausgezeichnete Sequenzen

6.1

Das Bewusstsein der Allherrlichkeit ist über Mir und Meinem Haus erschienen, dem Glanz des Himmels zugetan, und ist im Ich Mein eigener Gefährte universenweit im Seinsbewusstsein, das Ich Mir errungen habe.

Wo die Welt verstümmelt war, hier ist sie genesen, wo sie seufzte, hier herrscht eitel Freude, Heiterkeit und liebevolles Sich-Begreifen. Licht vom Lichte hat sich Mir voll Zartheit zugesellt und Herzenstraulichkeit beseelt Mein Alles-Überragen.

Herrschertum wie Dienst am Nächsten zugleich zu erfahren, ist die erbaulichste der Stufen, die es zu erreichen gilt in Meinem Universen-in-Mir-Tragen. Was schöpfst du dort in kleinlicher Manier? Es ist doch immer absolute Grösse, die dir zufliesst, unbedingt von Mir und Meinen silberhellen Qualitäten. Ich brande gegen aberwuchtige Gestade, ohne je Mich zu erschöpfen in der Kraft der Elemente wie der Inbrunst Meines Mich-in-ihnen-inniglich-Erfühlens. Teilst du mit Mir, was Ich dir Bin, so bist du in die Einheit aller Dinge standfest eingeschrieben. Schmiegst du dich Mir an, so läuten dir die Glocken der Holdseligkeit den Herzensfrieden ein, den du so sehr ersehnst wie nichts in deinem Werden.

Das ist nun die geschichtliche Begründung eines neuen Zeitgehabens, dessen Auferstehung österliche Züge offenbart, die in des Gottes Wohlfahrt und Genügen münden. Du bist sein Wille wunderbar und ebnest dir in ihm die Wege zur Allherrlichkeit und Poesie Elysiens wie zum Entzücken an der Wohlgefälligkeit des Seins an sich im Glanz der Munterkeit des Ewigen wie der Vertrautheit und Vereinigung mit ihm.

6.2
Packend und zutiefst erbaulich sind die Seinserfahrungen, die sich im Zustand geistiger Erhabenheit in Mir vollziehn. Es ist die Klarsicht auf das Absolute, das Ich Mir in unerhört geschmeidiger und makelloser Weise Bin und die Mir so viel Seelensicherheit und geistige Gewähr bereitet. Das Wirkliche ist es, mit dem Ich Mich befasse und von dem Ich nimmer lasse, weil es hinter allem steht, was ist und was das Zeitliche hervorbringt in erschütternd vielgestaltiger Manier.

Das Bewusstsein Meiner selbst verklärt, veredelt und vergütet Meine Situation im angestammten, wie im neu entdeckten, Geistesleben in beglückender und wunderbarer Weise.

Was im Hier ein Heim war, wird im Dort zur ewigen Heimat, zu dessen Wohllaut, Charme und Heiligkeit nichts beizufügen ist. Als Sein im Seligen möcht' Ich benennen, was da vor sich geht in absoluter Klare des Gewissens wie in der Gewissheit, dass es ohne jeden Einbruch immer weiter geht. Gar nichts ist mehr zu wünschen, keine Sorge ist Mein Los und in der unbeschwerten Zeitenlosigkeit lässt sich's in Anmut, Grazie des Himmels wie in strahlender Bewusstheit aufs Entschiedenste und Allerbeste sein und leben.

6.3
Pardon ist von Mir dort zu erwarten wo der echte Wille herrscht, besseres zu leisten und mit Beständigkeit, Genie und weiterführenden Potenzen aufzuwarten. Diese aber kann nur Ich mit adäquater Kompetenz und Überzeugungskraft gewähren. Es braucht ein silberhelles Sinnspiel her und hin, um den Geschehnissen den seinsgerechten Lauf und die ersehnte Gotteswürde zuzu-

halten. Pochst du firm und stetig bei Mir an, kann Ich dir Einlass und Belehrung, goldene Gedanken und Vermächtnisse gewähren. Alles Gute und Gesundende erhebt sich über dir und lässt dich die Entschiedenheit und Fülle, Liebenswürdigkeit und Glut des Absoluten spüren.

Erhebst du dich zur Überzeugung, dass Mein Wille deinen bis ins Unermessne steigern kann, so setze Ich dich an den Hebel hochbedeutender und magistraler Weltenwerke. Das Volk soll die Begünstigung aufs Trefflichste erfahren, die Ich dir und deinem Haus bereite aufs Vertrauen hin, das Ich in deinen Aufbruch hege. Bist du gewappnet, kommt die Rüstung ja von Mir und somit können selbst die ärgsten Widerstände deinem Vormarsch nimmer schaden. Es sind Kleinlichkeiten die dich noch zu hindern suchen in Bezug aufs Grandiose, das Ich mit dir intendiere. Damit will Ich aller Welt die Wehrwucht demonstrieren, mit der Ich Meine Werke vorwärtsdränge, der gediegenen Vollendung zu.

Jeder kann von Mir zum Meister seiner eignen Willkür ausgebildet werden, wenn sie nur dem Strom der götterlichten Evolutionen folgt und ihren Glanz und ihre Iterationen kräftig mehrt mit seinen vollbluttriefenden Ideen. All so findet sich das göttermenschliche Gebärdenspiel zu einem Ganzen von bewundernswertem Charme zusammen, von dem die Schreiber der Geschichte noch in fernsten Zeiten eifrig zu berichten haben.

Anerkennung und Erhabenheit, Entzücken und Bewusstheit ihrer Gottesstärke ist der Würdigen Los und ist von Mir freimütig, magistral und unerschöpflich in ihr Sein geschrieben. Sei auch du in diesem Sinn Mir zugetan und lass dich feierlich und froh voll Wonne, Heiterkeit und Lebensliebe in den Himmel der Gerechten laden.

6.4

Tatendrang und nagende Erinnerungen sind dir ins Herzblut eingelagert, um dich von Fall zu Fall in neue Bindungen zu führen. Sie regen dich zu radikalen Taten an und lassen dich gewinnen, was Ich vordem schon für dich gewonnen habe. Projektbezogen halte Ich dich in der Schwebe Meines Wissens um das Wie, damit die Lebensdinge sich mit Schwung und Sicherheit zu einem Ganzen fügen.

Hast du dies begriffen, folgst du hinfort wohlbedacht und willig Meinen Spuren, ohne immerfort nach anderen zu schielen. Das zeitigt einen schnurgeraden Weg in Meines Reiches wohlgefällige Gefilde. Reiner Friede herrscht, harmonisches Geflüster und erbauliche Gewähr für die Erfüllung deiner Herzenspläne. Bist du dir ganz gewiss geworden, dass Ich voller Güte hinter allem steh, gehst du getrost von Tag zu Tag in eine neue Runde auserlesnen Weltgeschehns. Vom Frührot bis zum Abendsegen lächelt dir des Lebens Anmut strahlende Verheissung zu und lässt dich innige Freude am Geschehn erfahren. Stehst du zu Mir, kann Ich als wohlbedachter Richter über deinen Angelegenheiten stehn, um aus deinen Äusserungen eine wunderbare Fülle von erhabenen Beziehungen herauszustilisieren. Das ist dann Meine Art, den Dingen eine Wendung hin zum Weltumspannenden und Gloriosen zu verleihen, so dass aller Gegensätze Flaus sich mählich in dem einen auflöst, das Ich Bin und das die Lösung bringt für alle Seinsgewalten. Einheit bringt die Tugend und Tugend schafft es in der Tat ein Beispiel myriadenfältiger Beglückung und holdseliger Bereicherung zu statuieren. Bist du so, so kann Ich dir zum tragenden Erfolg nur bestens gratulieren und dein

Wesen in den Himmel Meiner Wohlgefälligkeit und Sitte, Tunlichkeit und überird'scher Sanftmut heben.

6.5
Beleidige dich niemals mit Gedanken, die unter deiner Gotteswürde stehn. Sei wachsam wie der Wächter vor dem Tor, sodass sich Tag und Nacht nichts Ungebührliches in dein Gewissen schleiche. Nichts soll auf dem Grunde deines Seinsgewissens keimen, was der Reinheit widerspricht, die Ich in jede Meiner Äusserungen lege. Sinne du voll Eifer über die Bedingungen, die Ich in deinen Lebensrhythmus lege, nach und mache dich bekannt mit dem, was dir zum Heil gereicht in deinem Mich-Umrunden. Damit aber findest du beizeiten, was dir frommt und was zu leisten fällig wird in deinen Tagen.
Ordne deine Kleinlichkeit dem unter, was Ich in dir Bin und versetze dich in Meine Lage eines fürstlichen Vertrauten aller Wesen im Allhier. Du bist nicht irgendwer, doch eine gottgesegnete Standarte Meiner selbst, vor der die Wissenden und Weisen allergrösste Achtung generieren. Von Meines Wesensmantels Glorie umhüllt sind sie, bewandert in denselben Künsten, die Ich pflege. Das gestattet ihnen, sich in Meinen Gärten der Holdseligkeit lustwandelnd zu bewegen, ohne jede Scheu und von der Grazie beseelt, die alle hier Versammelten begeistert in sich tragen. So kommt es, dass die wirkende Allherrlichkeit von Meiner Art in ihnen Wohnsitz und Barmherzigkeit, Wesenskraft und Gnade findet als von Mir gezeugt und willig und gedankenfroh dahingegeben. Wie verwandelt darfst du sein ob solcher Traktion - und mit dem Banner überirdischer Vernunft versehen. Das Allerhöchste spricht dich an, als wäre es schon immer so

gewesen. Es behandelt dich als seinesgleichen auf dem klingenden Altar der Güte und Erhabenheit des Ewigen, dem Meine Göttergunst und Günstigkeit gehört im Land Elysien.

Feierlich, frohmütig und bescheiden soll dein Dienst am Universenreichtum sein, den Ich mit Vehemenz und Zauberkraft verwalte. Der Status stetigen Gewinns ist in Mein Herzblut eingeschrieben und die Fülle Meiner Träume wird wie nichts in Wohllaut seiner Rauschens offenbar. Wo alles singt und klingt, kannst du dich heiter und getröstet niederlassen und wo Göttliches geschieht, ist alles eitel Freude und Verbindlichkeit mit Mir. Kannst du ermessen, was es heisst, im Angesicht der göttlichen Vernunft sein Dasein aufs Erfrischendste und Redlichste, Beglückendste und Wonnevollste zu geniessen? Und das ist dir beschieden ohne jeden Zweifel mit Bravour. Von Meiner Provenienz, Gutmütigkeit und Sitte, wunderbar geschniegelt und von Mir besiegelt ist der Auftritt, den Ich in der Weltgemeinschaft leiste. Deswegen würdigst und bewegst auch du, was Ich dir zum Bewegen anvertraue, in der Einheit aller Dinge und Gewalten, Auserlesenheiten und Gewinste, in die Zeit geboren, fachgerecht und folgenschwer. Was das Weitere betrifft, ist dir von Mir der Zustand der Allherrlichkeit beschieden, geistvoll, generös, berückend schön und vom zarten Silbenglanz Elysiens durchzogen.

6.6
Wohlan, von Mir ist etwas ausserordentlich Gediegenes zu sagen, nämlich: dass Mein Wert und Meine Fülle alles übersteigt, was je in deine Sicht, ob über oder unter deinem Scheitel kommen könnte, denn es steht geschrieben: Gott ist

Herrscher über alle Lande, Wasser, Lüfte, Himmelssterne und Planeten, die da sind, von ihm geschaffen und geleitet und geprüft auf Herz und Nieren, dass ihr Wesen frei, vollkommen und holdselig werde im gesegneten Allhier.

Nun bist du tüchtig vorbereitet auf den Sermon, dass du eine Laute, ein Gesang, ein Süssholz und ein Günstling Seiner gnädigen Betrachtung bist und damit vollends seiner Wohlgefälligkeit anheimgegeben. Das versetzt dich in die Lage, aller Welt voran mit Mir und Meinem Vorsatz aufzutrumpfen und vor allem die Verheissung zu erproben, die da lautet: Sei Mein ebenbildlicher Genosse, der Mir nimmer nachsteht in Bezug auf Tüchtigkeit im Weltenweben, Beständigkeit in der Bewusstseinsklare und Liebenswürdigkeit im tätigen Umfangen aller Dinge mit des Seelenwohllauts reiner Zier.

Du schwimmst in Meinem Freisein himmelan, muss Ich nicht zwei Mal zu dir sagen, wenn du nur begriffen hast, wie unvergleichlich es sich lohnt, den Spuren Meines Denkens widewitt zu folgen voll Vertrauen, Langmut und Genie.

Ich liebe es, dich unvermittelt vor ein Fait accompli zu stellen, um dann mit diebischem Vergnügen abzuwarten, wie du reagierst im guten wie im liederlichen Sinne. Sieh dich vor und suche allen Ernstes nur das Allerbeste von dem abzuliefern, was du in der Tat erreicht hast, Kamerad. Das werde ich zu schätzen wissen.

Sind dereinst die Prüfungsängste abgeflaut, wird es dir ohne Weiteres gelingen, ein Herold der Beständigkeit und Herzensqualität zu sein, an dessen Eigenart sich männiglich ergötzt und dessen Ruf durch alle Lande quillt als einer, der gesiegt und reüssiert hat nach den Regeln Meiner Künste, Günste und Gewissenhaftigkeiten.

Mir nach! schallt es aus Meinem Munde wie aus deinem und in diesem Ruf verbreitet sich die Überzeugung, dass, wer will, sein Soll erreicht und dass die Würdigen von Mir den silberglänzenden Pokal der überirdischen Gewandtheit und Gelassenheit, Natürlichkeit und sinngeladenen Glückseligkeit erhalten.

6.7
Gerade du bist Mir so sehr geschwisterlich verbunden, dass deine Kräfte, Säfte, Sicherungen und Konstrukte Meinen vollends gleichen. Nur der Dosierung dessen, was wir sind, ist noch ein himmelweiter Unterschied beschieden. Merklich wärmer ist der Umgangston geworden zwischen uns, seitdem der Gottessohn sich für das Menschenwohl dahingegeben. Nie genug kann seine benedeite Tat gewürdigt und mit Herzensdank versehen werden. Seine Liebe macht die Menschen gross und gütig, seine Allpräsenz verleiht den Sensibilisierten Flügel und sein Kommen wird für alle Zeiten nimmermehr vergehn.
"Gekonnt" ist immer noch mit farbenfrohen Lettern in Mein Heilsbuch eingeschrieben. Das verpflichtet Mich zum Heroismus wie zur Perfektion, die Ich in alle Meine Präsentationen lege. Vom Masterplan, den Ich vor Zeiten Mir erschuf, aufs Beste inspiriert, bewirke Ich das Heil und die Erquickung jener, die da ihrem Sein die höchste Würde und Verwirklichung gewähren wollen.
Wer sucht, der findet. Dieser Findling aber ist ein Stück von auserlesner Qualität und sinnerfüllter Schöne. Weide dich an ihm und lass deine Fingerbeeren täglich voller Wohlgefühl und Wonne, Gleichmut und Entzücken über seine Wohlgeformtheit fahren.

6.8

Wandelbar bis ins Unendliche ist alles, was Ich Bin und bleibt doch immerzu das eine, Unteilbare ohne jedes Unterscheiden. Wer kennt nicht den erhabenen Gedanken vom Perpetuum Mobile, das sich aus sich selbst in alle Ewigkeit bewegt? Gerade das Bin Ich in glorioser Unbekümmertheit, Geschmeidigkeit und wesenhafter Willensstärke, derweil Meine Kräfte nie erlahmen.

Mit unerhörter Tatenlust und gläubigem Vertrauen fass' Ich jede Sache mächtig an, die Ich Mir vorgenommen. Ohne jeden Vorbehalt setz' Ich behende dazu an, Mich in die kühnsten Abenteuer freien Falls zu werfen, weil Ich Mich in der eigenen Regie zutiefst geborgen weiss und ohne je Mir selbst zu schaden. Unfehlbar an Meiner eignen Weisheit, Born und Brunnen angeschlossen, brauche Ich Mich nie um Nachschub, Konsequenz, Ressourcen und Behältnisse zu kümmern, denn Meinem Renommee steht alles zur vollendeten Verfügung, eh Ich dessen noch bedarf.

Unendliches ist strikt von dem zu unterscheiden, was dem Endlichen anheimfiel aus des Himmels hochgebenedeiten Gnaden. Dieses lockert und verbraucht sich unfehlbar und muss von Mir und Meinem Ansatz tunlichst und gewissenhaft erneuert werden. Ist dir das bewusst, so wirst du immer an Mein Wirken denken in der Zeiten Fluss und Ziel und wirst dein Sinnen zu dem lenken, der dich reich und rein, beständig und glückselig machen will.

Nur Meine Gleichung ist bislang aufs Tüpfchen in sich selber aufgegangen, derweil die Deine stets an irgendeinem Punkte schmählich sich verhangen. Was sagst du nun, wenn Ich dich frohen Sinns dahin belehre, dass du unter Meinem schützenden Portal von keiner Unbestimmtheit mehr bedroht bist und dazu berufen, bei Mir vollen Friedens und Gerechtseins ein- und auszugehn? Das ist dann deiner Fülle Hort und deiner Lebenstüchtigkeit Gewinnen. Was Bist du denn in Mir?: Das alles überragende Agens der Wonne am Geschehn wie der Verehrung der unendlich weiten, licht- und liebeskrafterfüllten Himmelssphären.

6.9
Sendung heisst: sich von dem Höheren in alle Welt gesandt erfühlen zur Verkündigung des Evangeliums oder einer andern Wahrheit, weltweit wie auch hierzulande. Dieses Höhere magst du als Mich erkennen oder nicht, Ich Bin Es doch in deinem Geiste wie in dem der Väter, die noch eher wussten, welchem Herrn sie dienten und wen sie zu vermeiden hatten.

Nicht jedem ist dies Handwerk aufgegeben und schon gar nicht jeder muss so gründlichen Bescheid erlangen über das Intime aller Weltendinge, die da sind in Meinem Namen und Gewissen auf den Weltenplan getreten. Du aber bist dazu berufen, Meinen Plan der Pläne haargenau zu kennen und das Wesentliche davon auch geziemend unters Menschenvolk zu bringen. Du betreibst damit ein Metier von weltbewegendem Bedeuten, dem nichts gleichkommt in der Sparte Seinsverkündigung und Seinserleben.

Triffst du auf diese Dinge, können sie dich bis ins Mark bewegen und dir dabei ein lebelang behilflich sein. Das ist so gut und das vereint dich mit den Welten höherer Potenz und Gnade am Gedeihen. Deine Sicht auf was du Bist wird rund und reich und abergründig und entpuppt sich als das Wesentliche, das dich zu Mir führt und zum Seelenheil, zum Glück der Sphären, wie zur Wonne der Verklärten.

6.10

Glaubhaft, ungewöhnlich und markant wie Anton bin nur Ich mit leidenschaftlicher Gebärde und erfüllter Tatkraft im gesegnetem Allhier. Die Winde fegen und die Wände beben, wenn Ich komme mit der Wucht des aufgewühlten Ozeans, der sogleich wieder voller Sanftmut und Ergebenheit zu Meinen Füssen liegt, Meinen zwingenden Befehlen untertan.

Was willst du noch, hör Ich Mich leise sagen, in deiner vollends frei gewordenen Bedeutung und Allüre? Keine Sterne, keine Welten, nur die Unerlässlichkeit des Friedens, der dich im Ewigen beseelt. Nur das Sein an sich ist im Gedankenlosen noch zu spüren. Die Beseligung des Weilens schmiegt sich Meinem Sinnen an und so bereite Ich Mir das erhabene Empfinden der Holdseligkeit in nie verebbender Manier. Es kommt und geht nicht mehr, weil es bei Mir die Stätte unbeschreiblich seelenvollen Bleibens und Bestehns gefunden hat. Die grandios gewordnen Ströme der Bewegtheit sind ins Meer des wonnevollen Ruhns geflossen weit und breit und licht und singulär. Die Einheit aller Dinge ist hier aufs Natürlichste gegeben. Der Umkreis kosmischen Gewissens ist erreicht. Sein Name heisst: Ich Bin das Grenzenlose und sein Wesen atmet geisterfülltes Freisein in der göttlichen Natur. Mir bist du aufs Herzlichste willkommen, spricht sie Mich bedächtig an, denn du hast die Einheit allen Seins gewonnen, wie man sie nur einmal so gewinnen kann. An nichts anderem ist Mir gelegen als am Lächeln der Glückseligkeit in Meinem Mich-Begründen, rein, tiefsinnig und erhaben.

6.11

Ein Memorandum von den Höh'n mag dich und deine Klientele weiterführen auf dem Pfad zur Wesensqualität, Wahrhaftigkeit und Gotterlangen. In diesem Sinne trau' Ich dir was Rechtes zu, mit dessen Hilfe Meine Seinsgefilde für dich rasch erreichbar sind. Dein Gottesstreben wird dir mählich zur alleinigen Natur und zum Schlüssel für Mein Reich, das sich wahrhaftig als Schlaraffenland erweist, verglichen mit dem deinen.

Die Kenntnis der Allherrlichkeit befähigt dich, vor aller Welt beschwingt und sicher aufzutreten. Sowie es gilt, dich firm und tüchtig auszuweisen, bist du die Ruhe selbst und feierst dich und deinen Wert im Eindruck, den du hinterlässest, sagenhaft, kongenial. Die Meinung über dich ist wie aus einem Guss und Phänomen im Menschenbund enthalten und überzeugt noch jeden, der da kommt und ganz besonders Mich, weil es schon immer ist die Meinige gewesen.

Trau, schau, wem, ist Mir in riesengrossen Lettern in den Sinn geschrieben. Dabei erweist es sich, dass Ich Mir selbst im höchsten Mass vertrauen kann.

Das Wissen um die eigene Identität bewirkt Gelassenheit und Mut im Aufwall der Geschichte wie im Schaffen neuer Wirklichkeiten, die Mir so sehr am Herzen liegen. Brandneu muss jeden Tag so vieles sein, dass Ich mit Überschauen kaum zurande komme. Aber alles fügt sich in der Weile fugenlos zusammen und erfüllt den Ruf nach Schönheit, ziselierter Heiterkeit, Gewandtheit, Tugend und Glückseligkeit im hehren Gottesreich, das Ich mit Vehemenz und Zärtlichkeit vertrete.

6.12

Goldrichtig ist, was Ich Mir immerzu bedeute: Ein geflügelt Wort und eine seelenvolle Sinnfigur im All der Dinge ebenso, wie in der Einheit ihrer auserlesenen Bezüge. Aus dem, was Ich entwerfe und enthülle und fabulierend ins Markante stelle, kann nichts Unbotmässiges geschehn. Auf Meiner Linie liegen nur bewundernswerte Preziosen, makellos gesäubert und geschliffen, tadellos gefasst und für den Träger eine Zierde ersten Ranges, wo er auftritt im Allhier.

Mich kann keiner auch nur des geringsten Unmuts zeihen, selbst wenn er noch so ernsthaft und akribisch Meines Wesens Lauterkeit durchforscht, weil Ich Mir selbst und allen, die da sind, die reinste Transparenz bedeute wie den Geist der Wahrheit, dem man nicht das geringste Zweifelhafte überbinden kann. So ist Meinerseits unendliche Gelassenheit gegeben, wenn es darum geht, Gefühle auszustrahlen und Bewertungen zu produzieren. Meine Überzeugung hüllt Mich wie ein makelloses Brautkleid ein und atmet leichthin und gewandt den Geist der Frische und der unverbrauchten Kräfte Ausserordentlichem zu.

Du kannst Mich fragen, was du immer willst, die rechte Antwort lässt nicht auf sich warten. Da Ich dem All der Dinge Raum und Richtung, Richtigkeit und Seriosität verliehen habe, kann Ich diese auch beschreiben nach dem Wert und nach der Funktion, welche sie im Ganzen zu erfüllen haben. Mir fällt gar vieles ein, was noch nie ward und was den Raum aufs Zierlichste bereichert, den Ich ihm aufs Wohlgefälligste und Mütterlichste zugestehe. Das ist dann ein bewundernswerter Keim für das Entfalten einer Pracht und Süsse ohnegleichen in der vielgeliebten Seinsstruktur, die Ich Mir meisterlich zugute halte. Kannst du ermessen, welche Wonne Mich beseelt ob all dem Tüchtigen und Unvergänglichen, das Ich in kleinen wie in unermessnen Kreisen wunderbar beschrieben und bereitet habe. Mir geht es darum, offen und fidel zu sein in so erstrebenswerter Weise, dass sich jedermann darum bemüht, es Mir mit Eifer gleichzutun in seiner Zeitlichkeit wie in dem Ewigen, dem er bald wissentlich anheimgegeben.

So driftet, was Ich immer Bin, der liebenswertesten Vollendung unentwegt entgegen und beansprucht für sich die Bewertung: wunderbar und über alles gottgefällig und erhaben. Wo die Lauterkeit regiert, kann weder Fehl noch Furcht entstehen, denn das Götterlichte hebt sich in sich selber auf und begütigt, was es immer sei, mit der beseelten Herzlichkeit des Himmels wie der Seinsgerechtigkeit, die über allem thront. Es atmet königliche Würde im hochbeglückenden Die-Küsten-der-Gemüter-voller-Zärtlichkeit-zum-Frieden-Führen.

6.13
Golden Gate zu Meinem Himmel der Glückseligen, Gewahrnis des unendlichen Genies, das Ich Mir Bin im wunderbar vollendeten und zum Prinzip erhobnen Schweigen.

Als eine Laute darf Ich Mich erfühlen, deren seelenvolle Klänge lieb und süss dein Herz betören, tonlos im unendlich reinen Seinsgenügen. Behutsamkeit und liebenswürdiges Verhalten sind Meine vielbewunderte und seidenweiche Stärke hier, die Ich in absoluter Wohlgeborgenheit betreibe. Es ist der Wille höherer Gewähr, dem Ich Mich freudig unterzieh' und der Ich zugleich Bin in sternenstrahlender Gewandtheit wie in verehrenswürdig und zuinnerst heil geword'ner Harmonie.

Was Seligkeit bewirkt, ist hier noch so zu sagen: Unübertroffne Heiterkeit und Ruh im Seelenreichtum, den Ich Mir gekonnt und tatenfreudig zugeordnet habe. Was in Meiner Atmosphäre des Unendlichen verschwimmt, sind Meiner Langmut Zierde wie der Seinsbewusstheit Überschwang in tätigem Erlaben.

Dabei ist alles rechtens und im Innersten gewollt, was Ich Mir selber vor die sakrosankten Füsse lege. Hilflos Bin Ich niemals, wenn es darum geht, ein neu erfundenes Betriebsverfahren regelrecht zu etablieren. Dazu fällt Mir ein, dass Ich nie galant genug sein kann, wenn's darum geht, für andre Wesen Vergünstigungen zu kreieren, denn es sollen alle optimal für das gerüstet sein, was sie in ihrem Reich zu unternehmen haben. Dann aber soll es ihr Verdienst und ihre Würde sein, aus allem, was sie sind und was sie haben, das Allerbeste und Erhabenste herauszuholen. Macher sollen alle sein, jedoch ist ihnen strikte untersagt, einfach alles auszuführen, was ihnen machbar scheint in ihrem Dünkel, alles unbedingt zu können im Allhier. Das bleibt allein Mir vorbehalten und ist in der Idee von Meinem Sein und Wirken allezeit enthalten. Demnach ist es dir in voller Weisheit auferlegt, nichts ohne Mich und Meinen Weltenduktus zur Verwirklichung zu bringen. Deine Disziplin ist unbedingt aufs Haar der Meinen anzugleichen, damit das auserlesenste und wirkungsvollste Resultat entsteht.

Das ist Mein Credo seit dem Anbeginn der Zeiten und wird es ohne jeden Abstrich immer sein, um der Vollendung willen, der Ich Mich rühme und die auch dir beschieden und besiegelt werden soll im Angesicht des Ewigen, das dich befruchtet und belehrt, verzaubert und entzückt von Tag zu Tag mit seinen hochgebenedeiten Wundergaben.

6.14
Wem bist du geweiht, wenn nicht dem Numinosen, das Ich Bin und dem du aller Würde Glanz und aller Lebenskräfte Wirksamkeit verdankst in deinen hochgeschossnen Weltentagen. Wie schön ist es für dich, zu denken, dass Ich immer bei dir Bin, um deinen Adel und ganz akkurat die Liebe in dir zu begründen. Das erhält dich jugendfrisch und morgenschön in deiner gottgegebenen Struktur, die dich von innen her erleuchtet und belebt.

Kein Wunder, wenn die Menschen von dir sagen, dass dein Auftritt so bestimmt, verehrungswürdig und erhaben vor sich geht, dass du wie durch den Tag zu schweben scheinst und unbekümmert über deine Lebenswasser wandelst, ohne jemals darin zu versinken. Sei dir bewusst, dass solches Tun und solcher Vorzug nur in Meines Namens Hochschwung und Verbindlichkeit verrichtet werden kann. Es ist Mein Ego, welches deinem innewohnt bis in die allerletzten Fasern deines streunenden Gewissens, um dich gesichert heimzuholen in Mein Fürstenzelt und Meine himmelszärtlichen Ambitionen. Sei so klug und schlage Meine Richtung ein und du wirst immerzu im Glück des Herrn deine Wohlfahrt finden. Sei und sei das Wunder Meiner Gnade generationenträchtig, ewig heiter, gottesgläubig, freudenfindig, seelenselig und fidel.

6.15
Guck mal her! Wo sich die grossen Geister finden ist gut leben, denn sie sind sich ihrer selbst so sehr bewusst, dass sie sich damit höchst manierlich auf das Inselchen der Seligen gerettet haben. Hier ist so trefflich, ungeniert und generös zu sein, dass sich jedermann darob die Hände reibt und von sich sagt: Ich bin der Hans im Glück, dessen Spuren

ständig höhwärts führen, in der Benedeiung seiner Tage, wie im Liebevollen, das daraus ersteht.

Solcher Tugend inne darf sich dann dein Herz als ewig jugendfrisch und variantenreich erfühlen. Deines Wesens Mitte ist mit Meiner deckungsgleich geworden. Seh' Ich wache Züge, siehst du diese auch, und raffst du dich zusammen, raffe Ich Mich ebenso, denn diese Art Verbindlichkeit ist unlösbar und voller Charme selbander mit dem Sein vermählt, das allem innewohnt was ist und was sich selbst begründet in der Hochburg gottgesegneter und würdevoller Zeiten. "Du bist Mein und Ich Bin dein", sind die erklärten Bürger zweier Welten unbedingt befugt zu rezitieren. Das aber ist die Fülle des Vereinens aller Gegensätzlichkeiten und Pamphlete im Allhier und findet seinen Aus- und Eingang in der Wonne des Elysiums, die allen Sachverständigen beschert ist in des Geistraums lichten, leichten und begehrenswerten Zügen.

6.16
Mit Mir Verwandte sind verwandelt in ein höherwertiges Arom, derweil sie sich vom Weltenschein zu Meiner Wirklichkeit erhoben haben. Mit ihnen ist zu rechnen mehr als mit dem Tross der Unerfahrenen, die die berühmte Gotteshürde längst noch nicht genommen haben.

Wer sieht, was andre nicht zu sehn vermögen, weiss sich in den Bund der Avancierten aufgenommen, denen alle Tore zum Unendlichen weit offen stehn. Sie sehen keinen Grund, sich über das Geringste zu beklagen, das ihnen im Profanen widerfährt, denn das Himmelsrecht steht ihnen wunderbarerweis zur Seite, demzufolge sie sich so und so entfalten, reinstem Menschentum entgegen.

Bist du der Wächter deiner selbst im menschlichen Verlies geworden, erfährst du dich als der Behütete von Gottes Sinn und Gnaden. Denn was du Bist ist dir dann offenbar und licht und schön, so wie es immer ist gewesen.

In deiner Hut ist auch in Meiner ohne jeden Zwang und Zweifel, denn die Gottesschäfchen haben sich in aller Form und Herzensfreiheit unter Meinen Schutz begeben. Wie liebeswert sind ihnen nun die Driften, die Ich ihnen zur Erbauung präsentiere. Reines Seinsgold ist es, das vor ihnen glitzert, und die Güte des Allmächtigen hält sie beständig warm wie pures Sonnenscheinen. Als gereinigt von jedwelchem Unmut stehn sie da in Meinem Lichte, fassungslos vor Freude, schwimmend im Behagen der Unendlichkeit auf ewig angelegt und mit der Traulichkeit Elysiens versehn.

Eifrig und entschieden sollst du solcher Würde still entgegenstreben, ohne jemals ihretwegen dich zu brüsten oder als Erhab'ner zu verstehn. Denn der Erhabene Bin Ich in Meinen Wundern und Holdseligkeiten, ungezäumt und ungezähmt im Vollwert wissenden Gehabens. Mach dich schleunigst auf, den Hügel und das Fürstenschloss zu schauen, wo Ich throne und wo du jederzeit und billig Einsitz nehmen kannst, wenn du nur den Willen dazu zeitigst in allherrlichem Benehmen.

6.17
Machst du dir Sorgen um die Achtung, die die Leute vor dir haben? Sieh, Mein Lieber, das ist gar nicht klug und ist allein aus deinem Eigendünkel zu erklären. Hättest du den Schneid, in deiner Weltgewandtheit merklich leiser und bescheid'ner aufzutreten, gäbst du Mir in dir Gelegenheit, das wahrhaft Grosse zu vollbringen, dein Selbst-

bewusstsein auf die Stufe der Allgöttlichkeit hinaufzuheben. Niemand soll das wissen ausser dir. Doch die Verklärten können es an der vollkomm'nen Sorgenlosigkeit, wie deinem Edelmut, erkennen, die dir selbstverständlich und aufs Innigste bewusst geworden sind.

Wahrlich darfst du „Gottesfreund" auf deinen Wimpel schreiben und dein Seelensein in Meine Hemisphäre purer Geistigkeit entrücken, wo das Seinsgefühl und die Gottseligkeit dir treu zur Seite stehn und dich das Wunder wahrer Wirklichkeit erleben lassen. Du Bist ebenso wie Ich der Wohllaut überirdischer Gefälligkeit und Tüchtigkeit am Sein und Leben. Geändert hat sich nichts und - alles in der Disposition, die dich ergriffen hat im götterichten Seinsbegreifen. Allwie im Cinematograph siehst du des Weltenlebens Tanz und Völlerei an dir vorüberziehn. Du sendest allem deines Lichtes Glanz und Liebenswürdigkeit entgegen und erbarmst dich ihres ahnungslosen Tuns; doch ist es nicht an dir, Gewalt zum Guten anzuwenden. Einsicht muss von innen, wie von der Sehnsucht nach Geborgenheit und Frieden kommen. Den Wahrheitssuchenden wird wunderbarerweis von Mir ein Wegstück aufgetan und wieder eins, bis sie in Meinem Zelte Echtheit, Geistesfreiheit, Sanftmut des Gewissens und Holdseligkeit gefunden haben.

Ich werfe keiner Seele etwas vor. Sie muss für sich selber zur Besinnung auf das Wesentliche kommen und darauf den Elan entfalten das, was sie als recht erkannt hat, auch gebührend auszuführen. Das braucht Überwindung, Zähigkeit und tätiges Gedulden an der Sache Gottes, die Mein Metier, Mein Lied und Meine Wohltat ist am Ganzen der Geschichte, wie an der sotanen Einheit und subtilen Seinsgerechtigkeit in ihr.

Wähle Mich und sei von überirdischer Gedanklichkeit durchschossen. Sei Mir treu und spüre Meines Treuseins seelenvolle Selbstverständlichkeit in wunderbar gesegneter, beglückender und überzeugender Manier.

6.18
Rechtfertigung vor Meinem eignen Geiste brauch' Ich nicht zu leisten, weil Ich Besitzer aller Rechte weltweit bin, die sind seit Anbeginn der Zeiten. Was respektabel ist, wird auch gehörig eingefordert von der respekterheischenden Behörde und die Bin Ich im Weltensinne wie in der Erklärung der Verbindlichkeiten, die Ich allesamt für Mich gepachtet habe.

Ewig heiteren Gemüts verteidige Ich, was Mir zusteht, ohne nach dem Urteil selbst der Weisesten der Häupter hier zu fragen. Denn stets bin Ich darauf erpicht, noch bis ins allerletzte Detail recht zu haben im firmen Schulterschluss, den Ich Mir immerzu gewähre. Somit kannst du sicher sein, dass gegen Mich kein Kraut gewachsen ist in noch so vielen zauberhaften Gärten. Authentischer als Ich kann niemand sich benehmen und könnt' er noch so viele Tugenden und Widerwärtigkeiten figalant zusammenzählen.

An Meinem Hofe gilt die Regel: Keine Werte ohne Wartung und kein Bilden ohne Bildung göttlicher Manier. Das zeitigt hohen Einsatz und erzielt entsprechenden Gewinn bei Mir in sicherem Bewahren. Hast du eine Ahnung, woher alle diese zierlichen Talente sich erklären? Sie verklären sich aus Meinem Sein im Geiste wie aus Meiner Redlichkeit in den allweltlichen Belangen, die Mir zutiefst am Herzen liegen. Das Allerbeste zu erlangen ist Mein Los, selbst auf abenteuerlichsten Wegen. Neige dich Mir zu, will Ich damit bedeuten, denn es lohnt sich, fantasievoll und verspielt zu sein im anspruchsvollen Leben. Geh' in dich und trachte danach, allem auf die Spur zu kommen, was dich so beschäftigt und vertraue darauf, dass wir uns auf einmal finden werden als ein einig Paar von Forschern und Erfindern, fabelhaften und versierten Meistern ihres Fachs und ihres selbstverständlichen Gehabens. Tief geht dir, was Ich so meine und zu holder Schöne bist du aufgehoben als in Meiner Gastlichkeit und Güte, Wohlgewogenheit und Lauterkeit in der Wonne himmelweiten Mich-Verspielens.

6.19
Lichterstrahlende Geburt inmitten Meiner Lebenstage, Manifest des reinen Seins im Fluss und Schuss der Zeit, königlich von Mir dahingetragen. Es gibt nun diese Wendung dem Wahrhaftigen und Wirkungsvollen zu, das keiner Nonchalance und Büffelei bedarf, um sich beschwingt und heiter selber zu erklären. So Bin Ich denn von Mir zum Fest der Unabhängigkeit und Virtuosität im Einigsein mit allen Meinen Zünften eingeladen und verhalte Mich wie einer, der da kommt und nimmer weggeht von der Quelle wunderbarer Freuden. So sonderbar es klingt: Die reinste Wonne ist es Mir, weder Wünsche noch Bedürfnisse zu haben, indem Ich einfach Bin und keine anderen Gelüste pflege. Was da in Meinem Allerheiligsten geschieht, ist Offenbarung des bedingungslosen Schweigens der Unendlichkeit, in der Ich völlig unbeschwert und heiter wese. Tauglichkeit im höchsten Grade, Tüchtigkeit per se und Wonne des Mir-selbst-Gehörens sind Mein götterlichtes Resümee in diesem Tableau der unendlichen Beständigkeit im Geist-Behüten.

Wo immer es Mir richtig scheint, ins Universenwerk und Puzzle einzugreifen, setze Ich mit Vehemenz den Geisteshebel an und verordne Klarsicht auf den Wirbel der Gegebenheiten. Ordnend und belebend setze Ich auf die Vernunft der Kräfte Meines Strahlens, damit sie Einigkeit und Fortschritt, Tugend, Schönheit, Glanz und Frieden schaffen in den Sphären Meiner Allpräsenz und Güte am unendlichen Geschehn.

Mein Schauen geht von Mir zu Mir an jeder Stelle Meines Welterscheinens. Wo Ich immer Bin, sind Seinsgerechtigkeit und Toleranz, sowie der Zug zum Guten, Heilen und Verbindlichen im Auferstehn zu Meiner Glorie und Meisterschaft im Wunderbaren.

Du bist weder klein noch gross in der Geschichte des Dich-selbst-Erkennens, die Ich dir in Mir bereitet habe. Da gibt es gar kein Unterscheiden. Deine Gegenwart bleibt immer Meines Seins Gebiet, so viel Ich immer Mich im All verteile: So schaffe dir denn im Erkennen Klarheit über deine wunderbare Lage, wie über den allmächtigen Patron, der sich in sie versetzt in ausgezeichneter Manier.

Pflege das Empfinden der Gottseligkeit in deinem Herzen und du bist in Seinem Sinne heil und heilig, ewig munter, treu und Seinem Blicke wohlgefällig und charmant geworden.

6.20
„Moment, das klingt ja wie die feurigen Kaprizen eines Gottes an mein hingeneigtes Ohr," wirst du dir sagen, sowie du Meinen Ruf vernimmst in guten Treuen, wie im morgendlichen Seinsgedankenheer, wenn Ich dein Sinnen all so sanft berühre. Nicht Meine Stärke, sondern Meine silberhelle Zärtlichkeit

sollst du im wohlgelaunten Sermon von today verspüren. Es finden dich, es binden dich die lindesten und wonnevollsten Fäden Meiner Lichtnatur, um dich zuinnerst und zuvörderst, beispielhaft und liebvoll zu beglücken. Von Meiner sicheren Bastei und Warte steig' Ich seelenruhig und gewandt, behutsam und verwegen abertief hinunter, nur um dir beständig und behändig gut zu sein im Wirrwarr deiner Winkelzüge. Strapaziös und noch merklich unbeholfen ist dein Leitsystem, mit dem du dich mehr schlecht als recht durchs Leben dirigierst. Das muss nun aufgepäppelt und veredelt werden in den Fällen, welche dich und andre schonungslos betreffen, weil sie sich ständig in der Selbstbezogenheit und Rücksichtslosigkeit des eigenen Gevierts bewegen.

Aufbrechen will Ich ihre schalenköpfige Natur, damit sie endlich Ursach finden, sich in seinserhob'nem Freimut und in wissentlicher Grazie und Herzensgüte zu ergehn. Meine Regel ist, die Herrchen ihrer Schöpfung zu wissenden Gebietern Meiner eigenen zu stilisieren, denn gerade darin liegt der Reiz des evolutionenlangen Aufstiegs in ein höheres Bewusstsein, den Ich generiere.

Lächelst du, so mache dich nicht lustig über etwas, das du nicht verstehst, sondern freue dich an dem, was du in Sachen Einigung mit Mir erreicht hast in der Hut und Glut der Erdentage. Nicht erpicht Bin Ich auf was du ohne Rücksicht auf das allgemeine Menschentum für dich erworben. Mach es wahr, dass deine Züge väterlich und mütterlicher werden, denn schlussendlich muss und wird noch alles universenweit in Meinem Sinne und Befehl geschehn.

Hüte dich davor, dem, was Ich als Mitte in dich lege, zu entgleiten, um im Exzentrischen und Mittellosen, Parteiischen und Tragischen dein Heil zu suchen. Was wahr ist, schicklich und gediegen, kommt von Mir und Meinen Seinstalenten sacht und sanft an deine Schwelle mit der Mahnung, es doch kühnlich und verständig zu ergreifen, um damit den Test fürs Leben würdig zu bestehn.

Sieh dein Sein als eine Folge von beschwingten und beförderlichen Taten, die zuallererst dem Ganzen, Götterherrlichen und von Mir Inszenierten dienen. Ruhe hast du nur, nachdem du deine Pflicht getan und dabei erkannt hast, welche Chance und Erbaulichkeit dir offen steht durchs blütenreiche Heldenleben.

Sei dich und damit Mich in einem Effort ohnegleichen, einzigartig und zur selben Zeit umfassend, allgemein zu sein im Geistessphärensinne. Überwinde dich und winde dich hinan zu einer Schau und Sicherheit, die dir und Mir geweiht sind, recht und rein und heimisch dort, wo die Gesegneten Elysiens begeistert auf dich zählen.

6.21
Locker zur Sekunde tret' Ich vor Mich selber hin in selbstgesprächiger Allüre und verheisse Mir Erfolg im wunderbar geschliffnen Debattieren wie in der Bereitschaft, wo sich's ziemt, einem andern Standpunkt Vortritt, Tunlichkeit und Logik einzuräumen. Du bist immer pflichtig, deinen alternierenden Gedankenfolgen eine Prise höherer Weisheit beizufügen, indem du zugibst, dass noch längst nicht alles, was dir so den Sinn belegt, als dein eigenes Verdienst gewertet werden kann. Nur allzu vieles kommt von Mir und Meiner Fähigkeit, mit einem Blick das Ganze anzusehn, derweil du, in deiner notgedrungenen Beschränktheit, immer nur ein Schwickchen davon siehst

Dein Sinnensein ist eben nur fürs Lebenspraktische und offensichtlich Dargestellte eingerichtet. Die geistigen Prozesse aber müssen mit Erkenntnis höherer Art durchdrungen und begriffen werden. Weide dich am Sein, will Ich hier sagen und verweile mit Entzücken bei dem Allerhöchsten, das sich dir ergibt, derweil sich Seine Ansicht offenbart in liebevollem Dich-mit-Ihm-Vermählen.

Geläutert und gestählt wirst du aus alledem hervorgehn, was sich so bewegt, wenn du nur, Meiner Gegenwart bewusst, der Seelensicherheit gewahr wirst, die Ich dir damit entbiete. Ausgezeichnet sind für dich die Chancen, als ein höheres Wesen aus dem Wirrwarr dieser Welt hervorzugehn. Du Bist und das allein bedeutet schon unendlich viel und somit läss't du dich in dieser Eigenschaft vom Schauplatz der Geschichte nimmermehr vertreiben. Es liegt Unsterblichkeit und Unermesslichkeit in dieses Faktums Souveränität, Gedankenfülle und Beleben. Dem ewig Bleibenden in dir wird Wirklichkeit verliehen, Kraft und Süsse; denn dies ist ein lichter Los, als schmählich in der Nacht der Ungewissheit zu versinken. Das "Ich Bin" geht als die Geistessonne strahlend vor dir auf und lässt dein Universensein im Gotteslicht erscheinen. Fass es richtig auf und schöpfe, wäge, wimme daraus deinen Sinn für die All-Einheit mit Mir ohnegleichen. Sei und besiegle, was du Bist, in Mir als in der höchsten Weisheit Born, wie in der Wertbeständigkeit und Seinsglückseligkeit, Bewusstheit, Himmelsgrazie und Götterherrlichkeit allewigem Genügen.

6.22

"Wo ist mein bedeutendstes Potenzial"?, sollst du dich täglich fragen, "welchem Sinnbild, Kapital, Kapitel und Genie soll ich mich unterstellen"?, sei deines Herzens sehnsuchtsvolles Rufen. Dazu wallt Mein Oberton dir ständig und bewusst entgegen. Er ist geneigt, all dem, was schräg und haltlos war, Bewusstheit, Seinsprofil und Grazie des Himmels beizubringen. Das Tutorial des überweltlichen Genügens ist exakt bei Mir zu finden, der Ich deine Stärke, Tradition und Wonne bin am glamourösen weltlichen Getriebe.

"Gross bist du und heilig", sei der Freudenruf aus deiner Seele in den Zeiten des Erkennens Meiner Hoheit, sternenprächtig, geistesnah. Meine Handschrift ist allüberall zu finden wo gelebt, gedacht, gefühlt, gelitten und gefeiert wird im Reich der Wesen Meiner seelenvollen Offenbarung.

Geheimnis um Geheimnis Meines Seinsbefindens wird sich dir enthüllen in den benedeiten Augenblicken, wo dir Meine Räume weit und weiter offenstehn. Sie alle wollen dich behutsam, liebevoll und zart ins Sein geleiten, das für alle vom Bewusstsein hehrer Morgenröte bis zur strahlenden Erfüllung gleitet in der lichterfüllten Ruh.

7

Wundervoll geschmückte Geistessphären

7.1

Meiner Eigenart gemäss Bin Ich die Wahrheit selbst in wundervoll geschmückten Geistessphären. Auf diese hin wird Mir verständlich, als wessen Vaters Kind Ich Mich bedenkenlos bezeichnen kann. Da gibt es nur den einen, der mit majestätischer Gebärde allen Daseins glamourösen Flitter dirigiert und der Bin Ich in einem unermesslich reichen Seinsgedanken-Spiel. In diesem trag Ich Mich von hinnen, augenblicklich dort und da im Zeitenlosen. Jede Meiner Wendungen geschieht in voller Übereinkunft mit dem, was Ich wirklich will in absoluter Wachheit, Willensstärke, Tunlichkeit und eigenständigem Empfinden. So geschieht's, dass Ich Mir selbst aufs Unbedingteste Gehorsam leiste in der Offenbarung Meines himmlischen Genies von Welt zu Welt, vom Auferstehn zum Heimgang, die Ich wissentlich kreiere.

Mein Tun ist fabelhaft gespickt mit reizenden Erfindungen, die Ich bis zum Gehtnichtmehr variiere, ohne je Mich plagiatorisch und gedankenlos zu wiederholen. Meine Stärke ist der nie verebbende Gedankenschub, mit dem Ich immer Neues, Unvergängliches und Preziöses produziere. Lächelnden Gemüts, voll Seele, lausche Ich den Lobgesängen, die von Mir auf Mich gemünzt und bis ins Ewige gedehnt und ausgehalten werden.

Taufrisch und aufs Äusserste gediegen sind die Werke Meiner Wahl und können sich mit Leichtigkeit und anmutsvoll vor allen anderen behaupten. Wonach Ich trachte, ist immense Fähigkeit und Wertigkeit im Pläneschmieden, die es Mir erlaubt, so vor Mich hin, Mich graziös und faszinierend, zeitenlos und sinngemäss improvisierenden Gedankengängen hinzugeben. Ist das nicht ein Glück per se und kann so etwas nicht aufs Allerlieblichste entzücken, ja bewirken, dass die

Spektateure darob ausser sich geraten? Was ist Wonne, wenn nicht das Vergessen aller Unbekömmlichkeiten, ob der Anmut, die ein nie gehörtes Lied verbreitet aus der Kehle einer Sängerin, die sich galant zum Wesen einer Nachtigall erhoben?

So wird alles, wessen Ich bedarf, aufs Trefflichste in Mein Gemüt geschoben, wo es in Schönheit aufblüht und zur überird'schen Munterkeit ersteht.

Meine Sage ist damit geschlossen, doch ohne Zweifel ist es, dass die Sagenhaftigkeit in ihr auch weiterhin aufs Zärtlichste besteht, um Meine Räume und Befindlichkeiten aufs Gefälligste und Makelloseste zu zieren.

7.2
Am Schicksal erwachen sollst du, Mein Geschöpfliches, um dich damit vollends auf die Bahn der kosmischen Begeisterung zu begeben. Es soll die Einsicht herrschen, dass nicht du dich zu Mir drängst, sondern dass Ich Mich voll Sanftmut und Gelöstheit auf dich zu bewege. Wer kann sich in perfectum in den Wesenskreis von solcher Offenheit und Rücksichtnahme stellen? Ich allein, der sich der Unbeholfenheit und Rohheit Meiner Bürgen voll bewusst ist und sich deswegen auch darum bemüht, ihr Offensein für geistige Belange regelrecht zu fördern, um sie merklich in den Kreis der Avancierten und Erhabenen zu ziehn.

Wo auch immer du dich findest, Ich befinde Mich bei dir und lasse Meine Kräfte sich in dir verspielen. Kannst du das begreifen, ist es dir gegeben, in dir nach dem Sternenwohl zu langen, das in Universenenweiten sich ergiesst und sich ohne jede Scheu Mir hingibt in den wunderbar ereignisvollen Geistessphären? Auf diese Weise wirst du ungesäumt ans Ziel all deiner Wünsche und Verhältnisse gelangen, das Ich Bin und das Ich ohne jeden Eigennutz aufs Allerschicklichste vertrete. Nur Mir und Meinem geistesabenteuerlichen Ritual ist es gegeben, völlig unbeschwert, leichtfüssig und gekonnt dahinzuleben, denn Ich weiss, was immer Ich zusammenführe, stammt von Mir und wem Ich Mich eröffne ist Mein Eigenes im Wandel von unendlich vielen Breitengraden.

Nur wenn alle wissen, wer sie sind, kann sich unendliches Vertrauen bilden, Lieblichkeit des Sich-Versöhnens und Bewusstheit des Sich-inniglich-Verstehns. Es entzündet sich die Gottesliebe in den Menschen und sie singen im Choral vom Glück, das sie beseelt im Reichtum des Sich-selbst-und-alle-anderen-Begreifens, wie im Wohllaut des Sich-herzensgut-Umfangens im gestillten, königlichen Ruh'n.

7.3
Erfinderische Feinheit lass' Ich walten in den Welten über dir, um ihre Reize dann wie Preziosen deinem Sinnensein anheimzustellen. Es sind Talente ganz besond'rer Art, die dich zum Künstler an dir selbst in deinem Milieu aufs Wundervollste stilisieren. Das strahlt dann aus in alle Welt als faszinierende Musik, gekonnte Sprachgebilde oder schöpferfreudige Skulpturen. Du würdest deine Hand ins Feuer legen im Behaupten, dass du sie geschaffen und geschniegelt hast. Dabei sind alle ausgesandt von Mir und Meiner Fähigkeit, ganz im Verborgenen zu wirken und damit den Dingen ihren Glanz und ihre Gloriole zu verleihen.

Ich Bin dir innig nah. Die von allen anerkannten Meisterwerke sind es, die am Markantesten von Meinem götterlichten Einfluss Zeugnis geben. Derweil du spintisierst, überschatte Ich dich mit der

Fülle Meiner trefflichsten Gedanken, damit sie durch dein Medium voll Verve und Sinnkraft in die Menschenwelten fliessen. Hältst du das für wirklich, recht und schön, kann Ich dich jahrelang mit Auserlesenheiten Meiner Geistesart bedienen. Erntest du dafür frenetisches und allgemeines Lob, kannst du es ruhig an Mich weiterleiten, der Ich dein Mentor und Beschützer, Inspirator und Beglücker Bin. "Heidii, heida"! wirst du begeistert rufen, wenn dein Werk gebührende Verbreitung und Belohnung findet und als Beispiel auserles'nen Künstlertums sich breitmacht in den menschlichen Gemütern.

Tunichtgute finden keinen Platz in diesen hohen Rängen geistiger Potenz, die Ich verwalte und im Schwung erhalte, damit das Leben weitergeht in immer mächtigeren und bewundernsweteren Dimensionen. Das, was Ich Bin, verbreitet sich mit Windeseile über alle Weiten und gestaltet sie nach Meinem weisen Duktus und Befehl. Ich stimme, stimme zu und wandere mit dir dem Zeitenweg entlang, erhabnen Horizonten tatenfroh und freudig, überzeugt und wonnevoll entgegen. Schliess'st du dich Meiner Ansicht an: dein eigen sind sie allsogleich, wie du Mein Sinngedicht und Meine Würde in dir klar und dankbar anerkannt hast als Geschenk aus götterlichten Sphären.

Vollbewusst und wahr Bin Ich in alledem, was ist, zu finden, indem Ich es begründe seinsbewusst und heiter, himmelstrebend und final.

7.4
Mehr denn je gefällt dir, was Ich vor dir in der Absicht, redlich und gewissenhaft zu sein, verbreite, denn das Wahre hat den Vorzug, dass es weder angezweifelt noch verbessert werden kann und dass seine Wesensgründe im Unendlichen liegen.

Diese aber sind Mir bestens und aufs Wohlgefälligste bekannt, weil Ich sie selber Bin und weil Ich damit akkurat von nichts und niemand überboten werden kann.

Es bleibt dabei, dass Ich Mein Wesen feierlich und lichtvoll, lieb und zart verstrahle, um die Welt für das, was Ich Mir Bin, aufs Innigste zu sensibilisieren. Du kannst dir denken, dass Mein Konterfei und Meine Seinskultur nur von den Allerwägsten und Entwickeltsten erkannt und eingemittet werden können. Für die die Mich noch nicht begriffen haben, Bin Ich inexistent in ihrem illusorischen Erfahren.

Willst du je das Wirkliche und Wesenhafte Meines allumfassenden und kompetenten Gegenwärtigseins erfahren, musst du in der absoluten Abstinenz von aller Quirligkeit und allem tückischen Gedankensausen die allerreinste Stille auf dich wirken lassen. In solchen heiligen Momenten kann Ich Meine wunderbar gesättigten Ideen in dein Bewusstsein perlen lassen. Du nimmst sie als die deinen hurtig an, derweil es Meine sind in Wachheit, Wahrheit und Genie.

Deiner selbst bewusst sollst du auf eben diese Weise werden und dabei aus der Verklärung und Verzauberung deines Wesens als ein Neugeborener hervorgehn. Du darfst dabei die Wirklichkeit der Geisteswelt erleben. Darin ist dir wie Mir im Wohllaut der Allherrlichkeit das reine Sein erschlossen, voll Seele, Licht und sagenhafter Wesensharmonie.

7.5
Immer geht es Mir darum, Mir den Rücken freizuhalten, damit Ich unbekümmert vorwärts

stürmen kann in alle Regionen Meines Seins und Sinnens, Tatendrangs wie Meiner unerhörten Reputation. Nicht vergebens hat es immer von Mir mit Bewunderung geheissen, dass Ich kam und sah und siegte, um den Götterwillen durchzusetzen, der Mich seit eh und je beseelte. Komm und sieh und erziehe dir dieselben wunderbar geschniegelten und heiss pulsierenden Prinzipien an im lebelangen Nach-dem-Höchsten-Streben.

Deine Ziele sind von Mir gesetzt in weite Fernen, dass du sie erfassest und voll Energie, Geduld und mustergültigem Verhalten auf sie zugehst, ohne je die Traktion, den Heldenmut und die Begierde nach Vollendung zu verlieren. Meinem Richtmass folgend, kann dir nichts Verwerfliches geschehn, denn die in Mir sind, wissen, dass sie unentwegt zur Quelle eilen alles Guten und Gerechten, alles Schönen und Erhabenen in gottgefälliger Manier.

Von dem, was dich in Mir erwartet, kannst du jetzt schon selig träumen, denn es sind der Gaben und Begünstigungen, Auserlesenheiten und Rezepte viel, die dich ohne Wenn und Aber in den Zirkel der Gottseligen und Weisen aller Zeiten führen. Mach es wahr, dass du in Meiner Obhut Gnade vor dir selber findest und dich nicht genierst, dich als Knecht im Haus des Herren zu bezeichnen und dabei mit Mir durch dick und dünn, Natürlichkeit und Widersprüchlichkeit zu eilen. Kraft und Süsse des Allherrlichen sind da, dich zu begleiten und um dir in allen Phasen deines Ringens ein begeistertes und ebenmässiges Gemüt und Herzblut zu bereiten.

Trachte nach dem Einen und du Bist auf dem gerechten Pfad. Liebe deines Schicksals mächtige Impulse und du bist gesegnet vom Unendlichen in einem wunderbar ereignisvollen Sein und Leben.

7.6

Managing in Meinem Sinn geschieht nicht auf der Basis der gewöhnlichen Vortrefflichkeiten, die dir fein säuberlich in jedem Handbuch zur Verfügung stehn. Es geschieht jedoch als genuine Wirklichkeit, die von der inneren Struktur begriffen und beurteilt werden muss. Dazu aber braucht es schöpferisches Flair, vertiefte Menschenkenntnis, Redlichkeit, Bewusstheit und den Willen, gut zu sein bei aller Strenge des Verfahrens. Solche Weise aber ist nur Mir beschieden, der Ich Bin der sakrosankte Führer durch die Heilsgeschichte Meiner Lieben. Nichts und niemand soll darin zugrunde gehn, weil jede Kreatur in sich unendlich wertvoll und erhaltenswürdig ist. Aus Meiner Perspektive trägt auch das geringste Wichtelmännchen seinen Teil zum grandiosen Aufwall der Geschichte bei und darf nicht ausser Acht gelassen werden. Zu diesem Zwecke kommt Mein Manifest der Herzensgüte wie gerufen und stellt eine Mischung dar aus Weisheit, Edelmut, Bestimmtheit, Grazie des Himmels, wie erschöpfendem Durchschauen dessen, was da hängig ist in Meinem Namen.

Grundlegendes kann nur in der Ägide Meines Wertgefühls und Meiner Unabhängigkeit geschehn. Das einzig Richtige zu tun ist eine Gabe der allherrlichen Vernunft an ihre Bürgen und kann von jedem angefordert und aufs Trefflichste verwendet und verwaltet werden. So Bin Ich denn der Hüter und Vergüter der Gesetze, die zu Anstand, Ehrlichkeit, Erhabenheit und Sinnkraft führen.

Du bist Mir einer, der am Anfang des Begreifens seiner Menschenwürde steht und die darf weder fehlgeleitet noch verunglimpft werden. Wie ein genialer Schachzug soll ein jeder Schritt in deines Lebens Lauf vollzogen werden, denn im Zeitmass ist es nicht möglich, rückwärts ins

Vergangene zu schreiten. Bedeutendes behält sein strahlendes Bedeuten, Unvernünftiges bleibt unvernünftig und kann mit keiner noch so klugen Finte weggezaubert werden. Sie sind wie du ein unveräusserliches Merkmal dessen, was da ist und leuchten in das Künftige hinein mit ihrem trüben oder gütestrahlenden Erscheinen.

Sei du Meiner besten Hoffnung Zeuge, hab Ich dich zu mahnen und vergesse nie, die Inbrunst, die Ich dir vertrauensvoll vergab, aufs Allerbeste auszuleben. Denn etwas Besseres als das von Mir Gewollte und Gewünschte kann es nimmer geben. "Ich bin der Herrscher über Meine Angelegenheiten unter Gottes wohlbedachter Strategie", sollst du dir ständig wiederholen. Deine Lauterkeit soll Meiner ebenbürtig sein und dein Vertrauen in dich selbst soll Meinem Seinsvertrauen aufs Entschiedenste und Wunderbarste gleichen. Ein Geschöpf bist du und zugleich eines Gottes seelenvoll gesegnete Gebärde. Sie offenbart sich dir im Glück, das du verspürst, wenn alles stimmt, was Ich dir vorgegeben; denn zur Vollendung aller Dinge im Allhier gehören auch die Geistessphären, die sich deiner Wohlfahrt, deinem Ebenmass und deiner Heiterkeit geweiht und sie zur höchsten Blüte stilisiert und in Allweiten ausgebreitet haben.

7.7
Reichtum Meiner Art ist dir verliehen, allsogleich wie du dich zu Mir wendest zart und herzensfroh.

Alles, was Ich meine, meine Ich potent und schnörkellos im Hinblick auf das Wunder des Genesens, das dir noch bevorsteht. Frank und frei und fabelhaft entschieden -sowie du zu Mir kommst- wirst du zuallererst bedient mit Köstlichkeiten geistigen Gefieders, die da sind: Erkenntnis der

Beziehung zwischen dir und Mir; daraus erspriessend Sorgenlosigkeit der ersten Güte, weil du inne wirst, wie sehr dein Schicksal in die Fülle des Allhöchsten eingebettet ist für immer und für eine Zeit des wunderbaren Wohlbefindens überall, wo du dich gegenwärtig siehst in Meinen Geistesgründen.

Bin Ich so nicht bis ins Letzte lieb und loyal dir gegenüber, wie es Väter sind und Mütter ihren Kindern taufrisch, fröhlich und charakterfest entgegen? Lass es dir gesagt sein, dass Mein Wille dahin zielt, dich zum König deines Seelenheils zu stilisieren, währenddem du im Bewusstsein der Vorzüglichkeit und Hoheit schwimmst, die Ich dir freudig generiere.

Ich weiss, das Absolute hat dich immer schon mit Tausend silberhellen Fäden angezogen, weil es eben Teil ist deines Wesens in der Morgenröte einer neuen menschlichen Ägide. Mutig schreiten darfst du einer gloriosen Zukunft und Gottseligkeit entgegen mit der Überzeugung, dass noch jeder deiner Schritte tunlichst von der Stätte der Barmherzigkeit geführt ist, die Ich Bin und die dir weisen Auftritt, blitzende Voraussicht und Willkommenheit gewährt. Also darfst du sicher sein, dass dir kein Fehl geschieht, weder durch dich selbst noch durch den Umkreis deiner Taten, denn es steht geschrieben: Meiner Engel Schwingen sind in Schönheit, Himmelsleichtigkeit und Grazie über dich gebreitet, wo du gehst und stehst, damit du selig und salut, manierlich und erhaben werden kannst an Meinem götterlichen Hofe.

Trau dich, das Unbekannte, das Ich Bin, für wahr zu halten und du bekennst dich zum Alleinigen, das ist und das in seinen Schulen Losgelöstheit, Freimut, Tapferkeit und Liebe lehrt zu deinem Herzenswohl, wie zur Errichtung einer Welt des

Geistesfriedens und der makellosen Himmelsharmonie.

7.8
Worauf wartest du in deines langen Lebens Lust und Last und Tatendrang und Stil? Es gibt so viel für dich bewusst und kräftig zu vollbringen und du achtest seiner nicht in einem Status kläglichen Versagens. Das bringt Mich angeregt und trotzig auf den Plan, denn Ich lasse Mir das Weltenspiel, das Ich akribisch profiliert und eingerichtet habe, von der Zunft der zögernden Banausen nicht verderben.

Rührst du dich nicht, so muss Ich dich bestreiten in der Absicht, deine Festgefahrenheiten aufzubrechen, um dir erschütternde Bewegung zu verschaffen, sowie dem Ton in deiner Stimme Wohlklang, Gotteslob und klingendes Begaben.

Hast du endlich für dein Teil tief inniglich begriffen, um was es denn im Leben immerzu markant und dominierend geht, kann Ich dich voll Begeisterung zu diesem und zu jenem kapitalen Auftrag führen. Dieser wird dann unter Meiner wohlbegründeten Regie ergriffen und aufs Trefflichste erledigt, derweil Mein Sein mit allen Fasern Meines Wohlgewissens resolut, geschmeidig, klugen Sinns und liebevoll dahinter steht.

Mein Bestreben ist es, ständig neue Werte, Welten und Verhältnisse zu schaffen, welche Meinen Glanz und Meine gloriose Vielerfahrenheit um ein Beträchtliches vermehren. Talente sind geliehen, um im kräftigen Gebrauch geschliffen, ausgesendet und vom Menschentum vermyriadenfacht zu werden.

Was Wunderbares hat es doch auf sich, wenn sich ein menschliches Gemüt darauf besinnt, was ihm für Kräfte zur Verfügung stehn, wenn es sich Mir verbindet und in Meinem Namen Handel treibt, Verpflichtungen erfüllt und gediegenen Erfolg erzielt im Mass der Kräfte, Säfte und Vortrefflichkeiten, die Ich ihm zugeeignet habe. Das Phänomen der innigen Verbundenheit und Stosskraft aller Wesen deutet auf ein Einiges von höchstem Rang und Namen, das Ich Bin und das im Wesensgrund genommen alle sind in unverhohlener Präsenz der Weltengottheit in der Vielzahl ihrer Glieder. Was du Bist, Bin Ich und was Ich Bin, Bist du, zweifellos in unerbittlichem Gepräge.

Lass dies gut sein und verlasse dich auf den, der ist in dir und allem, liebevoll und heiter, mystisch, taufrisch, regelrecht und wahr.

7.9
Ich Bin der weise, greise Simeon so gut wie irgendeiner, der sich als Heutiger erkennt in seinem rasselnden Rumoren. Vor- oder nachher ist für Mich kein Thema, weil Ich keines Zeitbegriffs bedarf, um in Meinem Jetzt beständig und inständig, makellos und sinngemäss zu existieren. Meine Wohnstatt ist des Alls bedeutendes und unerforschliches Vibrieren; Meine Sendung Sinn im Sinnen wie die explizit geäusserte Gedankenschwere, die sich in sich selber nicht erkennen mag. Nun heisst es aber: Weisst du, wer du Bist, hast du das prägendste Geheimnis aller Zeiten aufgelöst und trägst sein Siegel im Triumph vor allem Volk einher, um es von seinem Aberwert zu überzeugen.

Meine Machart geht dahin, dir einzuflössen, als wessen Geistes Kindeskind du dich bezeichnen magst, damit das Namenlose von dir abfällt und du Bist wie Ich des Seins Karnickel und Kanüle, Überschwänglichkeit und Miniatur im Grenzenlosen.

Mach es wie die Heiden, werde gläubig an dich selbst und erlange damit das Brevier für Sicherheit an sich und für die Tugend der Beständigkeit in deinem rabiaten Wertsystem. Ich versichere dir, dass all dein Rufen unverzüglich bei Mir ankommt und Mich frank und firm dazu bewegt, dir aus dem Niemandsland hinauszuhelfen und hinüber in das Reich der gottgefälligen Brigaden. Kein Kummer wird dich dann zu keinem Seufzer mehr bewegen, kein Mangel greift dich fürderhin mit seiner Tücke an und der verstiegne Eigensinn muss der liebevollen Pflege der Gemeinschaft weichen.

So bewegen sich die Weltendinge Meiner Hoheit, Makellosigkeit und Daseinslust entgegen und verbinden, was sie sind, zum einen grandios Erfühlten, das Ich Bin und das sich ihrem Wesen mitteilt, ohne jeden Abstrich, in der Fülle seiner herzensguten Signatur.

7.10
So etwas wie Kantönligeist und Eigenrechte sind in Meiner Hemisphäre scharf verpönt, denn damit würde Ich Mich aus Mir selber schliessen. Eigensinn kann Ich nicht leiden, weil damit das Schöne, Weite, Unerforschliche in Mir verunglimpft und verhöhnt wird in den eignen Reihen. Was Ich Bin ist ohne jeden Vorbehalt für alle da, die Wohlgeborgenheit und Trautheit überall im Weltgetriebe suchen. Schliesslich hab Ich jedem Menschenherz den Geistkeim innig mit auf seinen Lebensweg gegeben.

Willst du Unverfälschtheit, Tüchtigkeit und radikales Offensein gebären, sieh, Ich zeig' sie dir in Meinem Tapferkeit-Begründen im Umgang mit den Weltendingen. Solidarität und Meisterschaft im

Dienen sind bei Mir hochheilige Begriffe, die können niemals angetastet und verunglimpft werden.

Es weht ein Hauch von Wohlgefühl und Fabelhaftigkeit durch Meine Gassen, die von schmucker Reinheit, Wohlgestalt und seelenvoller Güte was erzählen. Denn allein der Adel dessen, was Ich leiste, macht Mich gross und wertbeständig und erhaben. Da bist du längst noch eine Miniatur von dem, was Ich mit deines Wesens Dasein intendiere. Es liegt so viel an göttlicher Behendigkeit und kapitaler Wissenschaft in dir verborgen, dass du noch für Aberzeiten bei erspriesslichen Gelegenheiten forschen musst, um endlich zu erblicken, was du wirklich Bist in deinen unerhört gediegenen Agglomerationen. Du würdest dich in Grund und Boden schämen, wenn du nur ahntest, wes du dich durch deine Geistesblindheit und Verstocktheit, Seelenlethargie und Überheblichkeit enthältst. Ein wenig Mut und Einsicht, Gottvertrauen und natürliches Verhalten würden da nicht schaden.

Mich greift niemand an und so obliegt es dir, Mich erst einmal zuinnerst zu begreifen, kritiklos und sanfterweise, wohlerwogen und loyal. Mit dieser weisen und gefälligen Methode nämlich öffnet sich dein Sinn für Meine Ränge und Ranküren und erhebt sich damit mählich in Mein Reich der unbedingten Sittsamkeit und Wachheit am Geschehn. Du taugst gerade so viel, wie du fähig bist, dich mit Mir einzulassen und um damit die Quintessenz des Lebens von Mir zu erfahren. Hast du das, bist du für alle Zeit von Mir gesegnet, bis dein Bewusstsein in den Hof Elysiens geführt ist, wo alles stimmt im Bade der Gerechtigkeit am Sein und Leben, Wohlbehüten und Gedeihen, wie an der Seligkeit, die du von Mir erfährst im Wunderbaren.

7.11

Hat sich deine Gangart Meiner vollends angeglichen, ist Glückseligkeit und immerwährendes Gedeihen dein erquickend Los. Es legen sich dir alle Dinge des Erwartens ohne jeden Widerspruch zu Füssen und du empfängst, was deiner würdig ist, mit Nonchalance und freudestrahlendem Juhee.

Was du nie gekannt hast, ist nun deiner Innigkeit markantestes Empfinden. Was dich immerfort gemieden, schmiegt sich dir im Aufwall seliger Freuden an, als wär' es immer so gewesen. Ich taufe dich mit lichter Heiterkeit aus Meinen Schalen und überschütte dich mit der ereignisvollen Wohlfahrt, die dir akkurat und tunlich angemessen ist von Mir. Weiden sollst du dich am Blütenfeld der wahr gewordnen Träume, die dich lebelang auf Trab gehalten haben; Meine sind's exakt und liebevoll in dir.

Alles, was Ich dir besagte, ist schon wirklich, eh du's recht bedacht und jede Wendung der Geschichte, die Ich dir erzähle, ist von Sinn erfüllt und Sagenhaftigkeit, des wahren, wachen Menschentums, das Ich mit Vehemenz vertrete. Traulich bist du schon - und liebestraut an Meiner Seite sollst du weitergehn in gloriose Zeiten und Gelegenheiten, gut zu sein. An Meiner Güte Zuspruch sollst du denken, die dich auf allen Wegen führt und dich befähigt, neuen Welten Raum und Richtigkeit zu geben. So kommt es, dass die Prophezeiung sich an dir erfüllt, die statuiert, dass du als Gotteskind Mein Erbe antrittst und fortan in Meinem Hauch und Ebenmass Glückseligkeit erfahren darfst in wunderbarer Seinsbeschwingtheit, Überlegenheit und Wonne des Elysiums im liebestrahlenden Allhier.

7.12

In welchem Rahmen immer du dich hier bewegst, es ist der Meine, von Mir gefertigt und um dich geschrieben. Du versuchst, aus ihm herauszutreten und trittst doch, beständig seinsbewusster werdend, unbedingt in ihn hinein, deinem Schöpfergott zu Ehren. Es ist ja so verständlich, dass du dich von der Lieblichkeit der Wohnungen, in denen du dich etablierst, herzinnig angezogen fühlst, denn ihrer Schönheit Traulichkeit und Einzigartigkeit ist gar nichts gleichzusetzen. Sie spenden dir Holdseligkeit und Herzenswohl und garantieren deinem Aufenthalt Gedankenfrische, freudiges Erinnern an glückselige Zeiten, wie den kräftigen Impuls, Bedeutendes zu schaffen in der Liaison mit Mir.

Wer setzt den Hebel an, wenn etwas unternommen und verschoben werden muss? Ich in der Eigenschaft als Dominator und Gewiefter überall, wo Unerwartetes geschieht und Rätsel sich auf Rätsel türmt bis in die höchsten Chefetagen. Gelöst wird nur von Mir, derweil die anderen sich unvermeidlich in die schmerzlichsten Verstrickungen verirren, die da sind: Besorgnis um das Weiterleben, Hängen am ergatterten Besitz, wie das Gefühl der galoppierenden Hinfälligkeit in deinen Runden. Da trete Ich auf deinen Plan und sprech' dich also an: Verlasse dich auf keinen anderen als Mich in deinen Fibern und Verwerfungen und halte dich an das, was Ich dir trauten Sinnens leis besage. Du lauschest und gewahrst dein eigen Wort, indem Ich Meins in dir gewahre. Du sollst dir ein für alle Mal gezielt und seinsbegeistert überlegen, was dich prägt und was von Mir in deiner Hemisphäre aufersteht und wirkt und Wahrheit bildet immer vehementer, licht und triumphal.

An Orten, wo es um Mich geht, da scheiden sich die Geister und jeder ist versucht, für sich alleine Recht zu haben, ohne noch zu wissen, dass das Richtige unmissverständlich und bewusst in Meinen Händen liegt.

Was hat es doch auf sich, wenn Ich dir immerzu bedeute: Du bist so sehr in Mir verankert, dass dein Dasein von dem Meinen nimmer unterschieden werden kann. Da soll die Einsicht in dir tauen von der Art, dass du erkennst, wie sehr Ich deinen Ein- und Ausgang hüte und mit Meiner Kraft vergüte, ohne jeden Anspruch als den einen: Werde, was Ich Bin und sei getrost in dem, was du durch Mich erreicht hast tätigen Vollbringens.

Atme auf, sowie du einem deiner Werke noch den letzten Schliff verliehen hast, denn das In-dir-Beruhn ist umso süsser, je intensiver du dich dem geweiht hast, was dein Auftrag und Vollbringen war. Der Friede der Gerechten liegt auf deinen Zügen und das unvermittelbare Einigsein mit Mir erfüllt dein Herz mit Wonne, Wohlklang und Begeisterung am Sein in Mir und Meinen ausgezeichneten Allüren.

7.13
Verachtet und vertrieben, angepöbelt und verleumdet wirst du sein vor allem Volke, das Ich dir entgegenhalte, um dein Stehvermögen, deine Loyalität Mir gegenüber und dein Seinsvertrauen bis aufs Blut zu prüfen in der Tage Tücke und Verwehn.

Allem Zeitlichen ist eine Frist verschrieben für sein Kommen und Entgleiten, und so halten es die Lebensgeister auch mit dir. Da ist weder Grund zur Panik noch zum An-dir-selbst-Verzweifeln, denn was reifen soll, reift unbedingt auch unter Stürmen,

Niederträchtigkeiten und naturgemässen Wehn. Am Ende aber stehe Ich als Pate der Gerechtigkeit am Sein und Leben für dich ein und führe dich vor aller Augen in Mein Zelt der unbeschränkten Wundergaben. Spüren sollst du Meines Daseins silberglänzende Allüre in den strahlenden Bewusstseinsweiten, die Ich dir voll Anmut offenbare. Das ist dann deines Dich-Bewährens Lohn sowie Mein Meisterstück in der gezielten Edukation, die Ich dir ohne jeden Abstrich angedeihen lasse. Denn nur Gutes kommt von Mir, und Meine Schleusen sind weit offen denen, die da trefflich sind im Auf-die-Zähne-Beissen und das Dasein recht begreifen.

Wiederhole niemals etwas, was du schon errungen, sondern packe immer neu und Neues an, um deinen Weg mit köstlichen Erfahrungen und Lauterkeiten zu verbrämen. Das stärkt dein Wesen, macht es süss und appetitlich und beschert der Welt ein Beispiel der Beständigkeit und des erklärten Willens, götterlichte Szenen zu gebären. Wohlgewappnet mit Erfolg und tüchtigem Benehmen siehst du dich bereit zum Einzug in die Hall of Fame, die Ich akkurat für dich und deinesgleichen aufgerichtet habe. Du sonnst dich dann im Lichte, das du aller Welt verstrahlst und bist dir selbst ein Ass im überwältigenden Siegen. Glückseligen Gewissens gehst du vor Mir her im Schatten Meiner Güte und bewahrst dein Wesen in entscheidender Verbindlichkeit und Trautheit, Seelenseligkeit und Gotteswürde mit der Meinen.

7.14
Trikolore der Beständigkeit von dem der ist vor aller Welten Sinnspiel und Gesetz gehalten. „Che bello!" rufe Ich begeistert aus und lasse Meinen Blick

bedächtig über Meine wohlgerundeten und graziösen Lebenswelten fahren.

Mein Verständnis macht die Dinge licht und schön und lässt sie vor sich selber ihren hohen Lebenswert bezeugen. Nur der Meine ist unendlich gross und gibt auf jeden Fall den vielen Pilgern auf dem Weg ins Freisein von sich selbst Erhebliches und Rätselhaftes zu bedenken. Für Mich entscheidend ist, dass Meinem Ruf als Alleskönner und -Betreiber nicht das Geringste beigefügt und angedichtet werden kann. Denn: Vollkommen ist und bleibt auf jeden Fall Vollkommen und begabt mit allem, was da ist und webt im majestätischen Gewind der Gotteszeiten.

Toujours auf dem Laufenden Bin Ich, verteilt auf alle Aktionen, die da ihren Siegeslauf aufs Allerwürdigste und Feinste zu erfüllen haben. Ich Bin nicht zimperlich, wenn es im letzten Anlauf darum geht, wenn auch nur eine Nasenlänge allen anderen vorauszusein, um den Sieg auf Meine Seite und berühmte Signatur zu schlagen.

Hast du was vor, so zögre niemals, in Gedanken und Gefühl gerade Mich an deinen Stellenwert zu setzen. Denn das bewirkt für dich den unverhohlensten Triumph den man sich denken kann, vor aller Augen. Es ist ein wahres Faszinosum, das Ich mit erheblichem Gewinn in dir betreibe, derweil du besser daran tätest, mehr auf das zu achten, was Ich an dir vollbringe, damit du niemals überheblich wirst und selbstgefälligen Gemüts in deinen sagenhaften Runden.

Mir geht sowieso das Ganze ungleich leichter von der Hand als deinem noch so intensiven Streben. Denn in Meinen Kräften liegt der Ursprung aller Kraft verborgen, derweil die deinen secondhandig sind als von Mir eingegeben und in Meinem Duktus und Befehl bewahrt. Was immer in dir rastlos und fidel rumort, ist eben Mein Rumoren, da gibt es nichts zu deuten und auf irgendeinem Eigenwert bestehn. Umfassend ist Mein Sanktuarium von unisonen Gnaden, das lässt sich weder dividieren noch zusammenfügen, weil es immer eins und einig bleibt für Zeiten und Äonen, strahlende Glückseligkeiten, auserlesne Höhepunkte des Michselbst-Entfaltens und gesegnete Momente, wo Ich Bin und alles ist in Mir bewusst und liebevoll, galant und graziös aufs Trefflichste geborgen.

7.15
Bei diesem Durchbruch wird es dir auf einmal klar, wie sehr dein ganzes lichterfülltes Wesen mit den kosmischen Begebenheiten in Verbindung steht. Es schwingt in kleinen Rhythmen wieder, was die kosmischen im Grandiosen ihm verkünden und bereichert sich aufs Allerschicklichste an ihnen. Kommt dazu, dass das berühmte, weltumspannende und allgewaltige "Ich Bin" in allem, was da seine Wunderkreise zieht, präsent ist, helfend, stimulierend, frank und frei und unerhört gediegen.

Du magst vieles von dem, was da ist, mit einem süffisanten Lächeln ungeniert quittieren. Mein Wort und Meine schwingenden Titanenkräfte bleiben und gestalten und verwalten das Gesetzte unerbittlich, unwillkürlich, weise im erhabenen Gedankenflug.

Mein Monopol ist nicht von Unberufenen und Minderjährigen zu knacken. Meine Linke weiss, was Meine Rechte tut und somit kann Ich alles Seiende galant und aus dem Effeff dirigieren.

Beständigkeit und gute Sitten bringen Mich mit Göttervehemenz voran. Sie lassen sich bei allen Mutigen und Potenten nieder und bewirken

Seinsvertrauen, Losgelöstheit, Tüchtigkeit und lächelndes Begreifen.

7.16
Mon Dieu, was für ein anderer weltumspannender Aspekt von Meinem Sein tritt vor Mich hin, wenn Ich es losgelöst von aller Weltlichkeit betrachte. Da kommt es Mir als ein immenses Kräftewirken in Gedankenschärfe und erlauchter Genialität entgegen. Allerfüllende Prinzipien erschliessen sich dem reinen Schauen und das Fabelhafte ihrer Wirklichkeit tritt segensvoll hervor. Heil und hoffnungsfroh ist jede Regung des unendlichen Gewissens, dem Ich Mich aufs Innigste verwandt und eingemittet fühle. Klarheit herrscht allüberall in der Erkenntnis, was zu tun sei, um die Evolution im Universensinn voranzutreiben. Da gibt es nur ein einziges Gewisses, das Ich Bin und alles andere ist schon als Abfall, Schlacke Meiner selbst, Untugend und Zerwürfnis zu betrachten. Meiner Heiligkeit gemäss ist alles, was Ich vor Mir selbst verrichte, gleich einem traulichen Gebet Mir selber gegenüber. Ein Lächeln ist es der Gottseligkeit, die Ich Mir nicht mehr wünschen muss, weil sie schon ist bewusst und liebevoll im Zeitenlosen.
   Welche Botschaft mag sich dir und deiner Weltgenossenschaft, Erkenntnis und Regie wohl nützlicher erweisen als die Meine, die von Sorgenlosigkeit, vollendeter Genügsamkeit und Wohlbedachtheit spricht in allen Seinsbelangen, die da sind und sogleich zum Gebrauch verwendet werden können? Sieh dich bitte an und überlege, ob auch nur ein Haar von deinem Körperwesen wirklich dir gehören kann. Es kommt und geht und ohne dass du einen Deut von seiner Funktion auf's eigne Konto buchen kannst, denn alles, was so kostbar

und geschmeidig, wohldurchdacht und lebenstüchtig ist, kommt ohne jeden Abstrich nur von Mir als ein Erhabenes Geschenk der Gottheit an die eignen Tiefen.

Siehst du das ein, so hast du schon recht viel für dich gewonnen, denn du wirst von diesem Punkte an dich viel verständiger und weiser allem gegenüber, was nur Mir gehört, verhalten. Selbst deiner Wenigkeit wirst du bedeutend grössere Achtung zollen, wenn du weisst, dass sie dem Gott gehört und niemals deinen mannigfachen Flausen.

Sieh doch endlich ein, wie sehr Ich Meine eigne Hand für dich ins Feuer der Begeisterung am Weltenschaffen lege, um der Schönheit des Gestaltens freie Fahrt und Form und Eleganz, Vortrefflichkeit und Herzensgüte zu verleihen. Meine Wege sind die deinen und Ich lasse sie, wenn du nur willst, bezaubernd licht und liebenswert vor dir erscheinen. Sei, will Ich dir ins Bewusstsein prägen und - Assimiliere Meiner Worte Wohlklang, dass sie dich verändern Meinem Sinnen und Gedeihen zu, und das in wunderbar gediegner Weise und in einer Gründlichkeit, die keine Wünsche offen lässt und kein Verlangen höherer Priorität, als Mich zu sein in sinnender Holdseligkeit, Gestilltheit, Heiterkeit und Seelenruh im Wunderbaren.

7.17
Wahrhaft delikat und poesievoll sind die Wendungen, Schlussfolgerungen und Tournüren, deren Ich Mich jederzeit bediene, um die Worte Meiner Willkür auszusprechen in der namenlosen Schöpferstrategie, die Ich seit eh und je betreibe. Lustvoll und manierlich stelle Ich Mich an, um alle noch so anspruchsvollen Wünsche zu befrieden, die Mir

zuhauf auf Herz und Zunge liegen. Taufrisch und penetrant sind die Register, die Ich flink und rockig zieh', um die mannigfachsten Wunderklänge zu kreieren.

Variationen um ein seelenvolles Thema sind Mir ganz besonders lieb und beglücken, was Ich immer Bin, in den seelenvoll geschaffnen Myriaden. Darauf Bin Ich stolz, auch deinem Weltensein mit allen Wirbeln, Wankelmütigkeiten, Tugenden und netten Resultaten Meine beste Schöpferkraft und Grazie geweiht zu haben. Da gibt es kein Pardon Mir selber gegenüber, wenn es um Vollendung, Raffinesse und beseligende Details geht, deren Einfall Ich mit Vehemenz verwerte und zum Allerbesten stilisiere.

Komm o komm, von keinem Komma abgeschlagen, in Mein Zelt der Generosität, und empfange dankbar, dich verneigend, was Ich dir und deinem Fürstenhof bereitet habe. Sieh doch, Ich würdige dich Meines liebevollsten Lächelns in den Zeiten, wo du selig und devot vibrierend vor Mir stehst, um von dem, was Ich dir Bin, das Allerbeste zu empfangen. Zier' dich niemals, von Mir anzunehmen, was Ich deiner Eigenart gemäss auf dich gemünzt und angezettelt habe, denn es fördert dich, und sei es noch so anspruchsvoll und delikat, in höchstem Masse.

Weile gern im Umkreis Meiner Tore und erwarte voller Sehnsucht, was dir frommt aus Meinen übervollen Schalen der Gerechtigkeit und Milde, Zuversicht und seelenvollen Tradition. Es trifft dich niemals mehr als das, was du verwalten und verhalten magst in deinen Lebensrunden und vergünstigten Tarifen. Nur halte dich an keiner Stätte auf, die Zeit vertrödelnd, währenddem du ungleich Nützlicher's und Tatenträchtigeres, ihrem Klang gemäss, vollbringen könntest.

Richte dich nach den Gepflogenheiten Meinerseits, damit wir uns in keiner Weise in die Quere oder in jedwelche Ungereimtheit kommen. Mittelschwere Pfüffe tun schon ernstlich weh, aber erst die kapitalen bringen dich bis an den Rand der ätzenden Verzweiflung, die Ich dir nimmer gönne in der zeitgeschichtlichen Brisanz, mit der Ich gütig dich versehe. Trage Holdes, Goldenes in deinem Herzblut und gedeihlichen Kalkül mit dir herum und verbringe deine Tage im Bewusstsein, dass du Meines Zeichens Herold bist und liebevoll gehätschelter Gespan. Derweil du bist, Bin Ich dein Eigen und gewähre dir partout noch alles, was Ich selber Mir gewähr. Das schafft Vertrauen, Ebenbürtigkeit und stille Heiterkeit in deiner Seele Bund mit Mir und Meinen Treuen. Erlebe das, sei freien Sinns in Mir geborgen und geniesse das Glückseligsein ob all den Wundern, die Ich dir in wunderbarer Zartheit liebevoll bereitet habe.

7.18
So komm denn her zu Mir und sei ganz Herz und Ohr für das, was Ich dir liebevollerweis' besage. Es handelt von dem Weltenwerk, das Ich voll Inbrunst und Gelassenheit getan, vom Grandiosen, wie vom Filigranen, das Ich in äonenlangem Sinnen ausgeheckt und bis zur vollen Blüte stilisiert und hochgezogen habe.
  Glaube ja nicht, dass so viel Gelehrtheit und Rendite, Makellosigkeit, Verschmitztheit, wie gerissne Genialität, Mir zu entfalten leicht gefallen ist. Vielfältigste Erfahrung ist mit Schmerz verbunden und das Höchste zu erreichen fordert Mut und unbedingtes Selbstvertrauen zu den Mammutkräften, die Mir eigen.

In diesem Kontext ist es nicht verwunderlich, wenn Meine Ambitionen auch zu deinen überschwappen und bedeutende Probleme zeitigen, die zu bewältigen und zu beheben sind im Reich des guten Willens, das ein jedem Meiner Lieben offensteht. Keine Schande ist's, zu lernen, wie man Besseres gebiert und wie im stufenweisen Aufstieg schliesslich doch das Exzellente und Erhabene sich offenbart, von dem die Dinge all durchdrungen sind im wunderbar erbaulichen und behenden Leben.

Viel ist noch zu tun und vielem Bin Ich zugetan an Meines Urgewissens Rande. Doch in dem innersten Bezirk von Meines Seins Substanz und Fülle, Urgewalt, Subtilität und Einigkeit herrscht sagenhafte Ruh und diese ganz besonders will Ich sachte gleitenden Befehls auf dich und deine Eigenheiten übertragen. Rand und Rille, Richtung und markantes Ziel sind von derselben Qualität und Unbedingtheit, die es möglich machen, dass sich alle Sehnsucht nach Gerechtigkeit, Ursprünglichkeit und Wohlgeborgenheit in dem, der ist, für alle doch erfüllt, die es auch wirklich wollen und unbeirrt mit vorwärtsdrängendem Bewusstsein zum Allhöchsten streben.

Das ist Meine wunderbar gediegene Doktrin, die der Allherrlichkeit entspringt, in der Ich Bin und webe und in die Ich dich hineinversetze in dem Mass, in dem du Meine Zeichen liesest und dir so Relieve, wonnevolles Seinsentzücken und intense Wohlbekömmlichkeit gewährst.

7.19
Was sich hier zu offenbaren anschickt, ist die göttliche Vernunft, die von Mir ausgeht und sich wieder bei Mir findet überall, weil Ich sie Bin in jeder Weise des Erscheinens. Mag es dir halt genug sein,

Menschenzüge aufzuweisen, so wende Ich Mich vehement dem Wesen reiner Göttlichkeit entgegen, das Ich Mir Bin in guten Treuen, wie in der Erkenntnis Meiner geistgefütterten Struktur.

Eins im Wesen, eins im Sein ist alles, was Ich mit unendlicher Geschicklichkeit allüberall betreibe. Da magst du noch so sehr ins Völkische gebannt sein oder noch im individuellen Schmoren, immer zieht Mein Geisthauch wesenhaft darüberhin, um es zum Einigsein in Meiner Attitüde zu verführen.

Wann endlich traust du dich, im Wahrsein eine Zacke zuzulegen, das Ich in dir Bin und dem Ich Mich zuallertiefst verbunden fühle. Würdige dich, hier den eignen Fortschritt und Befehl zu eruieren. Zwängeln ist bei Mir nicht gut um Zwängen beizukommen, vielmehr ist es die erhabene Geduld, die warten kann, bis sich die Lebensdinge selber offenbaren. Du baust im Schweigen Mauern sturer Selbstgefälligkeit behutsam ab, bis sie dich in der Kunst des wohlgefälligen Rangierens nicht mehr stören.

Ich verbreite Licht und Leichte, Lebenslust und Wohl, wo immer Ich erscheine. Einmal wird dann auch an deinem Herzenshofe alles gut sein, weil sich all dein Sinnen und Gedenken nur auf Mich bezieht und Mein vollendetes Gebaren allem gegenüber, was Ich Mir erschuf. Das ist dann die holdselige Synthese zwischen dir und Mir, die keinen Raum mehr für Besorgtheit, Unbill oder Bange bietet. Dein Befinden ist vollends in Meines integriert, von dem die Weisen wissen, dass es ewig lauter ist und liebenswert, vertraut mit allem, was da ist, holdselig in sich selbst und unbeschreiblich morgenschön.

7.20
"Lebst du, webst du, bist du denn immer hier?", erhebt sich eine bange, lange Frage aus dem Publikum. O ja, kann Ich dir ohne jede Floskel und Begütigung erwidern. Meiner geistigen Präsenz vermag sich nichts und niemand zu entziehen und niemand mag sich ihr entgegenstellen. Ich weiss aus evidenter Offensichtlichkeit, was Ich hier sage, derweil dein noch so gutes Augenmerk beileib nicht fähig ist, Meinem steten Hiersein beizukommen.

Deine Sensibilität für Übersinnliches muss durch langes Üben so weit wachsen, bis du Mich unvermittelt in erkennender Manier gewahrst als Es, an dem die Weltendinge eben wie die Reben an dem Weinstock hängen.

Darauf kannst du dich verlassen, dass in deinem Dich-in-dieser-Welt-Erfühlen mählich auch das Seinsgefühl erwacht, das dich als Geist vom Geistigen markiert und dir Gewissheit schafft von dem, was du wahrhaftig Bist in Meinem Weltenpanorama von enormer Aktualität.

Bin Ich, so Bist du's auch in einem wunderbar bekömmlichen Dich-selbst-Erheben zur Elite derer, die da sind und Meines Daseins Hauch aufs Innigste geniessen. Wache, bitte um Erkenntnis deiner selbst, gedulde dich und wachse tugendhaft und wohlgestimmt zu dem empor, der ist voll Zärtlichkeit und Energie in dich und alle Welt hineingeboren.

7.21
Wie einfach ist die Lehre doch vom Einen, das da ist und das du Bist an dieser Stelle des Erscheinens. Mögen noch so viele Thesen über Gott und Welt in deinem Köpfchen sinnende Erwägung finden, nur diese hat sich Mir als wahr erwiesen und ihre

Redlichkeit und Grazie begleiten Mich seitdem durch die erschütternden Äonen. Ohne jeden Zweifel ist Mein Sein ein fabelhaftes Faktum, das da ewig in sich selber ruht, derweil die Weltenzeiten vor Mir unaufhörlich kommen, sich behaupten und bald darauf ins Nichts verwehn.

So sind die Fülle Meines Daseins, Meine Kraft und Mein bewundernswürdiges Genie das Mass der Dinge, die da sind und die dem Sein mit sagenhafter Leichtigkeit enteilen. Keine Frage ist es da, ob sie nicht strahlende Vollendung und verheissungsvolle Unbekümmertheit im Raum verbreiten, der Ich Bin und dem Ich allseits innewohne in Bewusstheit und umfassendem Begaben.

Was auch immer Mir entspringt, trägt in sich der absoluten Reinheit Siegel und bereitet sich ein Fest aus Geisteswürde, Tugend, ewiger Jugend und Holdseligkeit im Schoss Elysiens, der auch der deine ist, wenn du nur einsiehst, welche Ursprungskräfte und Begabungen, Gottseligkeiten und Verdienste in dir wohnen.

Mein Heil ist nicht von dieser Welt und dennoch Bin Ich unentwegt darauf bedacht, sie aus der Herzensmitte Meines Seins zu heilen und Mich ihrem Fortschritt und Gedeihen vollends hinzugeben. Lege du dein hochgehaltenes Vertrauen ohne Scham an Meine grüne Seite und betrachte dich als einer, der da will gesegnet und erlöst sein von des Weltentums Strapazen. Lebe du voll Verve und Tatkraft, Munterkeit und Seele in ihr, doch lass dich von der Unrast und dem Goldglanz ihrer Stätten nicht zum Abfall von der Einheit allen Lebens als von Mir verführen.

Ich allein Bin deines Blühens Sinn und Kapital, Bin deines Aufwalls Mustergültigkeit und Resonanz, wenn du nur einsiehst, welchen Stellenwert und welche unerhörte Diktion Ich in dir innehabe.

Freuen sollst du dich an alledem, was Ich dir vollbewusst entbiete und erlaben sollst du dich am reinen Quell der guten Gaben, den Ich zu deinen Gunsten sprudeln lasse. Mach' es dir zur Pflicht, daraus zu trinken und ob dem, was du dir damit antust, Bleibendes, Beglückendes, Bewundernswertes, Erhebendes und Liebevolles zu gewinnen.

7.22
Ein auserlesnes Wirkfeld Meiner Liebestaten bist auch du, von dem geschrieben steht: Sanft werden Meine Engel dich auf ihren Händen tragen, dass sich deine Füsse nimmer stossen an den Steinen deines Pfades hin zu Mir und Meinen Wohlgefälligkeiten. Das soll heissen, dass Ich dich in jedem Fall bewahre vor dem Fehltritt, der dich in die Irre führen will von Meiner Kompetenz und Meinem Mich-an-dich-Verstrahlen. Es liegt darin der leise Ruf in deinem Seinsgewissen, dass du vollbringen sollst, was rein und edel ist und meiden, was der Würde deines Menschenseins nicht angemessen ist. Du bist von Mir getragen über Stock und Stein, sowie du dein Vertrauen auf Mich setzest ganz allein in allen deinen Nöten. Das ist wahrhaft weise, das ist gut, doch alles andere ist ein bescheiden Zugemüse und Garant fürs Weiterleben. Allwo du übertreibst, muss Ich dich straffer und beständiger im Zügel halten, wo du dich in eigener Regie zum Rechten führst, gewähre Ich dir Freien-Laufes-über-dich-Verfügen. Da ist bodenständige Moral und Mutterwitz, Verständnis dessen, was sich ziemt und Lebensliebe mit im Spiel, die sollen allesamt vom Herzen kommen und sich an die Wesenswelt verströmen wunderbar.

Mein Wille ist Vollendung alles dessen, was Ich Mir erschuf und sei es noch so anspruchsvoll und widerborstig, glücklos und verspielt in Meine Hand gegeben. Ich richte auf und lasse keinen fahren, der sich in der Sehnsucht nach Geborgenheit und Unbescholtenheit verzehrt. Ein Sinnbild ist der Mensch des Strebens nach Gerechtigkeit und Würde, wo immer er sich ernsthaft mit sich selbst beschäftigt und mit seinem allerhöchsten Ziel. Da wird es offenbar, dass noch viel mehr als seine eigne Weise in ihm blüht und brütet, überlegt und Pläne schmiedet für das allgemeine Wohl. Das kann nur Ich sein in der Trautheit der Gestirne, die dich mächtig, segensreich umschweben und dein Herz entzücken ohne jeden Anspruch, liebevoll im Sich-an-alle-Welt-Verströmen.

Bin Ich auch ins Universenreich gestiegen, ist Mein wunderbar getragener Gedanke stets bei dir geblieben, wo du immer Bist auf Erden oder aufgelöst in himmlische Gefilde, wunderbar und sonnenklar und ohne jeden Anstand in den Geistessphären. Du Bist und freust dich über dein Betragen, das sich in der Götter Wohlgefallen wiegt und ihrem Anspruch so genügt, dass Einigkeit und Friede waltet zwischen dir und ihnen.

Eine kleine Weile trennt dich noch von dieses Zustands Supervision, doch was sind ein paar Jahre oder hunderte vor der erwartungsvollen Macht der fliessenden Äonen, in die du eingebettet bist in Mir. Dein Sein ist immer schon aufs Innigste verwandt mit allem Sein gewesen, das da ist und das du Bist in letzter Konsequenz und ausgedehnt in des Bewusstseins Makellosigkeit, Erhabenheit, Allherrlichkeit, Holdseligkeit und namenlosen Frieden.

7.23
Wer kann dir je so viel verheissen in der lebelangen Sucht nach mehr und mehr, dass du daran Genüge findest, so als wärest du ans Ziel gelangt von deinen vorwärtsdrängenden Allüren? Deine Eigenwelt kann niemals Fülle finden, weil sie nicht begreifen kann, dass nur das Sich-Verschenken Wünschelosigkeit gebiert und wunderbar beschaulich dargelegten Frieden. Da gibt es nur die Lösung, dass du endlich Mich gewahren willst, um in der Tiefe Meines Tuns und Lassens den Ort der absoluten Ruhe aufzuspüren, der da heisst: Ich Bin und bade Mich voll Wonne, Wohlverstand und Auserlesenheit in dem, was Ich Mir so bedeute.

Was ist denn das Besondere am reinen Sein und Sinnen, magst du staunend, interessiert und aufmerksam erfragen? Es ist das wohlgefällig arrangierte Equilibrium zwischen allen Werten, die da sind und munter im Zuviel wie im Zuwenig ihre Spielchen treiben. Haargenau die rechte Mitte zu bestimmen, ist die wundertätige Parole, die dich ins Freisein wie in die Gefolgschaft Meiner Götterlichtheit führt, wo sich das Ebenmass, die geniale Klugheit und die Wonne wahrer Ausgewogenheit voll Anmut präsentieren.

7.24
Eine Schwalbe kann noch keinen Sommer machen. Merk dir das und sei dir auch bewusst, dass ein paar Tage Meditierens keinen Durchbruch bringen können im Bewusster-Denken oder wachen Seinsgefühl. Dahin muss dich jahrelanges Üben führen in der Kunst des Stillehaltens aller weltlicher Gedanken, damit Erkenntnis bei dir Einzug halten kann von dem, was ist und was dein wahres Sein betrifft in deinen Seelengründen. Erst wenn dir dies

geworden ist, kannst du dich Seinsverklärter und Erlöster nennen.

Deine Lehrzeit ist beendet und du schreitest als ein Meister deiner selbst bewusst und feierlich voran, den Geist der Wahrheit und der Selbstverständlichkeit zu pflegen.

7.25
Leistest du den Eid auf Mein Geschwader von bedeutungsvollen Geistern, schmucken Garnisonen und rasanten Vorwärtsstürmern, zähle Ich dich zu den Meinen und du wirst ein fürstlich Leben führen in den eingemeindeten Eroberungen, die uns eigen. Immer sind wir ein verschworen Paar, das sich auf Entdeckungstour befindet, Fischzug und galanter Jagd nach Neuigkeiten. Niemals wird erfüllt sein, was sich noch erringen und erfinden lässt in der gewaltenträchtigen Potenz, der sich das Allgemeine wie das ganz Besondere fügen müssen.

Über allem wölbt sich das Unendliche in sagenhafter Ruh, wie in der Einheit aller Wesen, die sich im Seinserhabenen aufs Trefflichste begreifen. Es herrschen Frieden, Glück und sanft gewordene Gedankenströme, wo Ich in ewig kurzer Weile Bin und Mir mit dem Beschauen dessen, was da ist, die Zeit vertreibe. Wer darüber will, steigt, neuer Kräfte voll, hinunter in das illusorische Geplänkel, das sich abspielt nebenbei am Rand des wirklichen Geschehns, in Götterreichen. Hat er sich vollends ausgegeben, bringt ihn seine Leichte wieder heimwärts in das Reich der Geisteswürde der Gezähmten und Verklärten, wo Ich Bin und Meinen Seelenreichtum, Meine Herzenswonne, wie Mein Equilibrium im allgemeinen Sein und Sinnen an Mich selbst verspiele.

Meine Generosität hat alles Kleinliche und Bittere längst überwunden. Meine melodiegewordne Stimme klagt sich selber nimmer an und was Ich Mir geworden bin, hebt sich aus längst vergessnen Tiefen so voll Anmut, Geistesgegenwart und Glorie himmelan, dass alle Wünsche allgemeiner Wohlfahrt weichen müssen.

Was die Götterweisheit sich errungen, soll nun auch dein Teil und deine Tiefe werden. Was Ich Mir als Lied gesungen, soll die Seele dir erfreun und deiner Hoheit Zeuge sein in Mir und Meinen glanzerfüllten Sphären.

7.26
Korrekt sein will noch jeder, der in Meinem Namen unterwegs ist und mit dem Pathos des Befugten und Gebildeten agiert. Doch ist es eben zweierlei, ob das Tätigsein bewusst und überlegt und mit der Kraft des Wissens um den Geistbefehl geschieht oder ob nur Tradition gedanken- und gefühllos abgehaspelt wird im Wohlfahrt-Demonstrieren.

Ein jeder ist von Mir berufen, echt zu sein und nicht das Mindeste von dem, was Ich von ihm verlange, drückebergerisch zu hintergehn. Meine Hilfe gilt den Redlichen und Seinsagilen, deren Motto lautet: Ich Bin immer, was Ich Bin und lasse konsequent den Geist der Wahrheit über Meine regen Hände und die Lippen fahren. Unbestimmtem setze ich das Wissen um die Wachheit der Allherrlichen und Weisen gegenüber, die Mir als die Gründe und Begründer Meines Wesens wohlbekannt und angemessen sind. Dann Bin Ich auch befugt, zu intonieren: Ich Bin frei von jedem Eigendünkel, Laster und Relikt aus alten Zeiten. Denn was Mich beseelt, sind alle guten, ewig jugendlichen Geister, die da sind und

Mir voll Lebenslust und Fantasie, Gelehrsamkeit und Heiterkeit den Marsch befehlen.

Ich lasse Mich durchs Meer der Gottesgüte treiben und fühle Mich wie's Kind im Weidenkörbchen, wohlgeborgen in Mir selbst als Seinspartikel und Allheiliger zugleich und als Gesandter jener Kräfte, die ihr Sein im ewigen Jetzt gefunden und verankert haben.

Folge Mir, Geselliger des Absoluten im Bewusstsein deiner wahren Generalität, Kapazität und kreatürlichen Gewandtheit, die von Mir beredte Zeichen sind und Ziselierungen auf Stirn und Wangen, ohne die sich keiner unterstehen soll, Mein Reich der Unbescholtenheit und makellosen Güte zu betreten.

Was bei dir wird, ist bei Mir längstens schon zur strahlenden Vollendung und Gewissheit, Lieblichkeit und Himmelsgrazie gediehen. Nun ist es deinem Seinsgefühl anheimgegeben, unbeirrt nach dem zu streben, was du in geheimster Mission schon Bist in Gotteswürde und Beseelung, Meisterschaft, Ästhetik und Erfolg im Variantenreiten.

Siehst du Mich als deine Inheit an, so kann kein Unheil dir geschehn, weil sich dem Allerhöchsten alles beugen muss im Ernstfall, den Ich ständig neu belebe. Hastest du nach Mir, so reduziere Ich dein Streben schon im Ansatz um ein beträchtliches Juhee und lasse dich darauf das Glück der Stunde, leis gewordnen Sinns, aufs Trefflichste erleben. Reine Lust des Freiseins von jedwelchen Zwängen und Behelligungen fällt dich an so sehr, dass du dich unverzüglich in der Wohlgefälligkeit Elysiens, wie im Entzücken, badest, das es dir verströmt. So komm denn, Seinsgeliebter, ins selige Umfangen, das Ich dir väterlich und mütterlich verleih' und sei dich selbst, behutsam, liebevoll und zärtlich, was

Ich Bin im Ruhm und Raum, Geständnis und gottselig angefachten Schweigen der Unendlichkeit in Mir.

7.27
Lässest du dir ständig von Mir sagen, was von einem Evenement zum anderen zu tun ist, gehst du als ein Weiser und Erhabener durchs Leben. Niemand kann dir besser raten als der Eine, der Ich Bin, präsent in allen Seinszusammenhängen und verwinkelten Geschichten, die sich voll Charme - und Schrecken durch die Lebenstage ziehn. Es ist hier aufs Natürlichste gegeben, dass die Dinge laufend sich touchieren und damit Erkenntnis generieren dessen, was sie sind und was sie letzlich auch zu sein vermögen. Wer wollte da bestreiten, dass genaue Kenntnis jeden Gegenübers sagenhafte Wohlgewogenheiten zeitigt, die vom einen zu dem anderen hinüberströmen. Immer sind es die Motive, die im Handeln Präferenz und Dringlichkeit, Logik und Gelüste generieren. Sagst du dabei A, musst du notgedrungen auch das B dahinterfügen, denn dem Anstoss muss unweigerlich die Wirkung folgen und der Wirkung neues Stossen in dem generationenlangen Wuchern und den harschen Marsch befehlen.
   Lug und Trug sind programmiert, solange wie der Eigendünkel und die Furcht, die Raffgier und die blanke Macht regieren. Wüsste jeder, dass er in des Seins Ägide alles, was er äussert, unbedingt sich selber antut, niemals würde er den anderen bestehlen oder gar verletzen in der sturen Wut.
   Da ist's ein Unding, Recht zu haben, wo doch Meine Rechte ungleich höher stehn und wo die Gottesargumente ohne jeden Zweifel Vorrang,

Dauer, Süsse, Meisterschaft und Tugend in sich tragen.

In Meiner Hemisphäre mag das Sinnliche nur noch am Rand so richtig zetern und rumoren, derweil das Herzgefühl, die Redlichkeit und das gesunde Miteinandergehn und Sich-Begreifen dominieren. Da brauchts kein Pardon, wo die Höflichkeit, die Rücksichtnahme und die wache Schau auf was vonnöten ist, inständig dominieren. Mein Merkmal ist die Unbescholtenheit, wie die Empfindsamkeit, dem Nächsten gegenüber, der Ich Bin und der du Bist, von Mir gestählt, erwählt und ausgezählt zum heiteren und wonnevollen Reüssieren.

7.28
Gesunde Kost verleiht dem Körper Eleganz, Elastizität und Sprungkraft für den sichern Auftritt, wie das dezidierte Aus-dem-Blickfeld-der-Bewunderer-Schreiten. Wohlgenährt sei auch der Seele Seinspräsenz am Tische der Vernunft, den Ich mit weisem Aneinanderreihen von Erkenntnissen der götterlichten Art bediene. Dein Köpfchen kann sich nur mit Einsicht der gehobnen Art gebührend über Wasser halten. Stumpfsinn gleicht dem Im-Morast-Versinken; Wachheit für das, was sich wirklich abspielt in den Welten-Wandelgängen, zieht hinan und landet beim dezenten Überschauen jeder noch so heiklen Lebenssituation. Kennst du deine Kräfte, weisst du auch, von wem sie dir geliehen sind und verehrst den Spender dessen, was du Bist. Lässest du die Muskeln spielen, spielt das Unerhörte mit, an dessen Ende und Beginnen Mein Genie, sowie der Zauber der Natürlichkeit, wie die verbürgte Tatkraft, Liebenswürdigkeit und Grazie des Allerhöchsten vor dir stehn. Kannst du dir das nur für einen Augenblick in allem Ernst zusammenreimen, musst

du vor Ehrfurcht fast vergehn und dich ob deinem sehr bescheidenen Dazutun regelrecht genieren.

Nichts kann besser als Mein Wort in deinen Ohren klingen, weil es wahr ist und der strahlenden Wahrhaftigkeit geziemend Vorschub leistet in den Tücken deiner sinuösen Traktion. Du bist Meiner Spur Gefährte, wo du gehst und stehst und willst es doch nicht wissen, weil dein eigensinniges Den-Tag-Verwalten fremd geht noch und noch und damit ausschert aus dem Evolutionenstrom, der Meines Herzens Blüte und Bezaubern ist im allweit wirkenden Gewoge.

Setzest du dein Seinstalent in Meinem Sinn und Saft und Meiner Sehnsucht ein, magst du, was immer auf dich zukommt, frohgemut erwarten, denn es ist von Mir ein Zeichen der Beständigkeit und Güte, der Erhabenheit wie des Vollbringens einer grandiosen Meistertat an allem, was da ist. Es findet seine Wirklichkeit und Wonne akkurat und wohlerwogen, seelenvoll den Höhenpfad hinauf, in Meinen strahlenden Allweiten.

7.29
Gerade vor Mich hin bestellt, geschieht es dir, dass noch die allerletzten Späne von dir fliegen, worauf Ich deine makellose Zierlichkeit galant und liebevoll in Meinem Königreich begrüsse. Da heisst es nun, sich den Gesetzen reiner Geistigkeit gemäss zu regen und bewegen, Gedanken sprechen lassen und sich ans körperlose Dasein zu gewöhnen. Des Geists Gebinde ist ein lichterstrahlendes Gewinde, ein Silberhauch vom Hauche, der Ich Bin, agil und munter, wesenhaft und liebevoll wie eine gottergebene Begine.

Werte schaffen, Einsicht pflegen, mustergültiges Befolgen und Gewinn aus warm gefühlten

Seinskontakten schöpfen, sind der Wesen Metier, die sich voll Verve und Tüchtigkeit, Natürlichkeit und Willensstärke auf dem Geistespfad befinden. Eloquente Heiterkeit, Entspanntheit und sensibles An-der-Wohlfahrt-genialer-Geister-Anteil-Nehmen wird dein täglich Brot sein, dem du noch so gerne dich ergibst in deinen Wundern und Errungenschaften. Breit und weit, silberhell und graziös die Gegenwart des Allerhöchsten sollst du spüren. Der Keim der Herzensfreude ist in sie gelegt; Innigkeit und Rücksichtsnahme, Trautheit und gefälliges Sich-ins-Licht-Verströmen sind die Attribute der Gottseligen, die in sich, sowie im All die siebenzarte Ewigkeit erfahren.

7.30
Ich modelliere, was Mir in die Finger kommt, bis es Mir schick und seelenvoll genug erscheint, um damit ohne Scheu vors grosse Publikum zu treten. Mein Begriff von Schönheit, Effizienz, Gradlinigkeit und Herzensgüte ist von dem deinen recht verschieden, weil bei Mir alles, was Ich unternehme, nach der himmlischen Gelöstheit zielt in hehren Geistesräumen.
  Das Irdische ist Mir nicht fremd, doch führt es allzu viele noch in tragische Verstrickungen, die dem Fortgang der Geschichte zur Allherrlichkeit unendlich schaden. Es liegt so etwas wie ein Brett vor den versammelten Gemütern, das sie daran hindert, Meine lebenspendende Gerechtigkeit und Aufgeschlossenheit vor sich zu sehn. Statt Mir zu trauen, vertrauen sie sich dubiosen Maklern an und wundern sich danach, wenn sie im Nu die besten Werte und Gewinste allesamt verloren haben.
  Sich bekämpfen und alles, was wir sind, nach Strich und Faden frech zu hintergehn, ist gar nicht

schwierig. Hingegen braucht es, um den Anstand zu bewahren, wesentliche Kräfte, die nur vom Weisesten der Weisen adäquat gegeben sind. Und der bin Ich mit allen wunderbaren Konsequenzen, welche aus dem tatenträchtigen Zusammenspiel mit dir erspriessen. Wer immer Mich verleugnet, muss sehr bald die Unrast spüren, die ihn dann bewegt. Wer aber wissend und entschieden Meiner Wege Wohlfahrt kühn beschreitet, ist ein Segen für sich selbst wie für die Welt, in der er atmet, wirkt und laboriert.

Hast du begriffen, dass Mein Reich an deines nicht nur angrenzt, sondern es voll Kraft und Liebenswürdigkeit beseelt, wirst du dich Mir voll Eifer willig und bedenkenlos ergeben. Hier macht es keinen Sinn, halbherzig oder zimperlich zu operieren, denn das All kennt nur die eine Saite, nämlich Mich, auf der die Welten ihren Singsang allesamt verspielen.

Merke dir, dass Meine prächtige Doktrin von keinen Weltenmächtchen umgestossen werden kann. Mein Ursprung bleibt der Wesenhaftigkeit und Redlichkeit des Allerhöchsten zugetan und wird auch nimmer von ihr weichen. Hochgelobt sei, was dich von Mir überkommt und was dir frommt in allen auserlesnen Teilen. Überwinde dich Mir zu und sei, was Ich dir Bin – und reine Herzenswohlfahrt wird dich linden Hauchs durchströmen. Anerkenne Meines Seins Salut und trauliche Redoute und du bist frei vom Zauber deiner wuchernden Illusionen. Du Bist und darfst dich Seinsverbündeter, Gottseliger und Sakrosankter nennen, Meinem Vorbild und Vollzug gemäss. Sinkst du in Demut vor Mir nieder erheb Ich dich mit Vaterarmen, holden Gnaden und unendlichen Begünstigungen frank und frei ins gütestrahlende Elysien.

Ludwig Weibel, geboren 1933
Lebt in CH-9200 Gossau/St.Gallen
Studienabschluss als Fernmeldetechniker
Schriftstellerische Berufung zur
"Philosophie des Seins" für vife Geister.
Erstellt elegante Graphiken mit einem
Pendel-Apparat. (Siehe Buchumschlag)
Homepage:www.das-sein.ch